KB005649

어쩌다 노산

어쩌다 노산

김하율
장편소설

은행나무

차례

여름

1

푸드 코트에서 만두를 먹고 있을 때였다. 내 딸 태리의 유치원 친구 엄마인 승하 씨는 늦은 점심을 먹었다며 젓가락을 잠깐 들다 말았다.

"요즘 속이 이상해. 음식을 조금만 먹어도 목구멍까지 차오르는 기분이야."

북촌손만두의 별미인 굴림 만두 아홉 개 중 여덟 개째를 입으로 가져가며 나는 말을 이었다.

"피곤하긴 또 왜 이렇게 피곤해. 병든 닭처럼 작업실에서 매일 졸다가 온다니까. 그런데 그 냉면 안 먹을 거야?"

대답을 기다릴 새도 없이 나는 얼른 접시를 가져가 냉면을 덜었다. 그러느라 승하 씨의 표정을 보지 못했다.

"언니, 혹시……."

아침 드라마의 클리셰처럼 묘한 미소를 지으며 승하 씨는 말을 줄였다. 누구나 짐작할 수 있는 그 미소였다. 나는 실소를 터뜨렸다.

"그러게. 속도 안 좋고 잠은 끊임없이 쏟아지고 몸은 으슬으슬한 것이 딱 임신 증상인데, 문제는 한 적이 없네? 내가 마리아도 아니고."

만두에 냉면까지 먹은 나는 푸드 코트에서 승하 씨와 하하하 웃으며 헤어졌다. 더부룩한 가슴을 쓸어내리며. 그때까지만 해도 나는 내가 정말 한 적이 없는 줄 알았다.

2

한때 작가 레지던시였던 변산반도의 B 펜션은 이제 우리의 아지트가 되어버렸다. 1년에 한두 번씩 꼬박 8년을 갔으니 웬만한 친척보다 더 가까운 사이였다.(실제로 태리는 펜션

사장님을 큰삼촌으로 알고 있다.)

김하율 작가님 오셨느냐며 늘 반겨주는 반가운 얼굴들이 있기에 연례행사처럼 가기도 하지만 실은 방 때문이다. 8년 전 내가 두 달 동안 머물면서 글을 썼던 그 작은 방. 실제로는 혼자 지내기에 작지 않은 방이다. 모든 가구와 집 전체가 통나무로 지어져서 은은한 나무 향이 나는 방에는 침대와 책상 그리고 작은 테이블 하나가 있다. 화장실에는 히노키 욕조가 있고 바로 옆 창으로 밀물과 썰물이 오고 가는 바다가 보인다.

그런 호사스러운 방에서 두 달 동안 누가 해주는 밥을 먹으며 글만 쓰던 시절이 있었다.(게다가 밥은 왜 이렇게 맛있어. 끼니마다 전라도식 구첩반상이 나왔다.) 그때는 막 결혼해서 안정적인 사랑의 공급처는 있으나 아이는 없어 홀가분하던 시기였고 등단한 지 2년 차, 자타 공인 전업 작가였다. 청탁이 안 들어와도 그리 조급하지 않던, 뭣 모르고 그냥 쓰고 싶은 걸 막 쓰던 호기로운 시절이었다.

이제는 펜션으로만 운영하는 그 방을 1년에 두어 번, 다만 며칠을 빌려 쓸 뿐이지만 그때마다 나는 그 호시절을 다시 만난다. 하지만 그것도 온전히 혼자 즐길 수가 없다. 이젠 딸린 식구가 늘어났으니. 내가 오롯하게 그 시절을 음미하는 시간은 새벽에 홀로 깨어 나무로 된 책상 앞에 앉을 때다.

이 얘기를 왜 하느냐고? 혹시 거기서 생긴 거 아니냐고? 에이, 그건 아니고…… 좀 더 들어보시라.

3

그날도 마침 그런 날이었다. 어린이날을 포함한 연휴를 이용해 변산으로 향했고 다음날 새벽에 눈이 딱 떠졌다. 해윤과 태리는 잠에 푹 빠져 있었다. 전날 고창행이 피곤했던 모양이었다. 나는 책상 앞에 앉아 습관처럼 노트를 펼쳤다. 그러고는 바로 앞 창밖으로 시선을 던졌다. 아직 새벽이 오지 않아 사위는 짙은 어둠이었다. 잔잔한 물결이 달빛에 반짝였다. 멀리 포구 위로 보름달이 아주 가깝게 보였다. 평화롭고 아름다운 밤이었다. 나는 전날 생각했던 이야기를 노트에 끼적였다. 고창에 가서 답사까지 하고 온 이야기였다.

조선 중기 문신 김제민이라는 사람이 있다. 그는 전라도사까지 지내고 낙향해서 고창의 상포마을로 돌아온다. 그러던 중 임진왜란이 터지자 노구를 이끌고 의병장이 되어 싸운다. 전쟁은 끝나고 다시 일상으로 돌아가 노환으로 죽을 때까지 그는 그곳에 머물렀다. 그가 지냈던 터에는 현재 낙파정이라는 현판을 단 정자가 있다.(현재는 노인정으로 쓰고 있는데 바로 앞에 서해가 펼쳐져 있어서 대한민국에서 가장 뷰가 좋은 노인정일 것으로 추정된다.) 그리고 주변에 당산나무가 군락을 이루고 있는데 일곱 그루의 나무뿌리가 얽혀서 마치 한 그루처럼 보이는 신기한 광경이다. 김제민은 그의 업적에 비해 사료도 별로 없고, 이름이 난 사람은 아니다. 내가 주목한 것은 기괴한 모양의 당산나무였다.

그 일곱 그루의 나무로 이야기를 지을 수 없을까. 임진왜란 때 활약했던 일곱 명의 의병 이야기로. 주인공인 나는 현재에서 1597년 조선으로 타임슬립해 그들과 같이 임진왜란을 겪는데 그들은 하필 여자 의병들이고 나는 조선시대 걸 크러시 언니들을 만나 함께 전쟁을 치르며 변화하는 인물이 된다. 그들은 백정, 승려, 애첩, 산첩, 무당, 치매 노인으로 캐릭터가 다양하다. 리더는 백정의 아내로 피를 두려워하지 않는 과묵한 인물이다. 살벌한 눈빛으로 “포를 떠줄까?”라는 말을 유행시켰다. 하지만 ‘츤데레’ 스타일이라 주인공인 나를 각별히 챙기기도 하는데……

"엄마, 물."

태리가 잠에서 깼다. 과묵한 언니가 살벌한 미소를 지으며 어둠 속으로 사라졌다.

4

그 밤이 참 좋았다. 태리가 깨는 바람에 중단되긴 했지만 나 혼자 깨어 있는 고요한 시간이 너무 좋았다. 그래서 나는 새벽 4시 30분에 일어나 그 밤을 매일 만나기로 다짐했다. 1차 작업을 새벽에 하고 2차 작업을 아이가 등원한 이후에 한다면 시간도 두 배로 확보하는 셈이었다. 그러려면 10시 안팎으로 잠자리에 들어야 한다. 아이를 재우며(먼저 잠이 들 때도 많았다) 같이 자고 알람이 울리면 눈을 떴다. 대체로 수면이 부족해 일어나기 힘들었다. 책상에 앉아서도 졸기 일쑤였지만 그렇게 한 달이 지나자 알람이 울리기 전 몸이 저절로 깨어났다. 그 시기에 나는 두 번째 장편을 준비 중이었다.

내용은 결혼해서 아이를 둔 세 자매의 '엄마 쟁탈 분투기'였다. 정확히 말하자면 친정엄마 노동력 강탈이었다. 대한민국에서 아이를 낳고 경력 단절이 되지 않기 위해서는 비빌 언덕이 필요한데 그건 친정 부모든 시부모든 갈아넣는 방법 외에는 없다는 내용이었다. 제목은 '우리에겐 비빌 언덕이 필요해'. 내 이야기였다.

5

그렇게 두 달이 지나 여름이 되었다. 푸드 코트에서 승하씨와 북촌손만두의 굴림 만두를 먹고 헤어진 날, 퇴근한 해윤이 검은 봉투에 뭔가를 은밀하게 건넸다. 길쭉한 상자가 만져졌다.

"뭐야, 엿이야?"

엿 먹으라는 건가. 꺼내보니 임신 테스트기였다. 아침에 으슬으슬 춥고 속이 안 좋다는 말에 예의 그 클리셰 표정을 짓던 해윤이 떠올랐다. 어이가 없었다. 이 나이에? 내 남편은 낭만적인 걸까, 생각이 없는 걸까?

"돈 아깝게 이걸 왜 사와? 아니라니까."

해윤에게 잔소리를 늘어놓고 10시에 자리에 누웠다. 늦게 자는 버릇이 있는 태리는 거실에서 인형 놀이 중이었다. 눈을 감자 무거운 몸에 잠이 쏟아졌다. 차라리 엿을 사오지. 잠결에도 나는 중얼거리며 해윤을 책망했다. 그러다 보니 꿈에 길쭉한 가평 잣엿이 나왔다. 잣 부스러기가 중간중간 박혀 있는 엿이 나 잡아봐라, 하며 혀를 쑥 내밀고 도망을 갔다.

"나 엿 안 좋아한다고."

내 말은 듣지도 않고 엿은 멀리 도망 중이었다. 나는 운동화 끈을 동여매며 중얼거렸다.

잡히기만 해. 허리 몽둥이를 뚝 분질러놓은 후 잣을 몽땅 털어버리겠어.

6

눈이 번쩍 뜨였다. 벽시계를 보니 새벽 2시였다. 더 자려는데 요의가 느껴졌다. 화장실 변기에 앉아 눈을 감았다. 꿈에 엿을 잡았던가, 어쨌던가. 그러다 문득, 해윤이 건넨 임테기가 떠올랐다. 어디다 뒀더라. 한번 써보기나 할까. 나는 아무 생각 없이 소변을 받아 임테기에 묻혀놓고 다시 눈을 감았다.

'임테기는 아침 첫 소변에 3분 후 확인.'

이 공식을 아직도 기억하고 있다니. 그게 벌써 5년 전인가. 태리는 만 4세였지만 우리가 결혼한 지는 9년째였다. 해윤과 나는 비교적 늦은 나이에 결혼했다. 삼십대 중반이었다. 그때는 늦은 줄 알았는데 지금의 초혼 연령대와 비교하면 그렇게 늦은 나이도 아니다. 오히려 요즘은 내가 "뭣 모를 때 홀려서 결혼했다"라며 그에게 눈을 흘기기도 한다. 그도 그럴 것이 나는 해윤의 '말빨'에 휘말려 만난 지 4개월 만에 식장에 들어갔다.

처음 만나서 딱 120일이 되는 날 신부 입장을 한 것이다. 그러니까 식장에 들어가서 옆을 보았는데 4개월 전에는 이 지구상에 있는 줄도 몰랐던 남자가 신랑이라고 서 있는 식이었다. 그때까지만 해도 주례를 한 귀로 듣고 한 귀로 흘리며 '이거 잘하는 짓일까' 생각했다. 한편으로는 '뚜껑 열어봐야 알지'라는 비장한 마음도 있었다.

결과적으로 우리는 그 후 큰 소리 한 번 낸 적 없이 9년을 잘 살고 있다. 선 결혼 후 연애로 신혼 시절을 재밌게 보냈지만 결혼 후 4년 동안 아이가 생기지 않았다. 피임하지 않은 상태에서 1년 동안 자연 임신이 안 될 경우 난임 부부가 된다는 걸 뒤늦게 알게 되었다. 우리는 난임 전문 병원을 찾았다. 의사는 나를 다낭성 난소증후군이라는 병명의 난임 인간으로 분류했다.

그곳에서 인공수정을 했다. 1차는 난포가 다섯 개 나왔지만 실패였다. 의욕적인 의사는 시간이 아까우니(고령이니) 바로 이어서 재시도를 하자고 했고, 처음 당하는 이런 상황에 깜짝 놀란 내 난소는 2차 시술에서 난포를 달랑 두 개 내보내고 말았다. 의사는 약간 실망한 눈치였으나 굴하지 말고 해보자고 두 주먹을 불끈 쥐고 우리에게 기를 불어넣었다.

담당 의사의 기가 통한 것일까. 2차 시술에서 우리는 태리를 가졌다. 인공수정 1차에 성공하는 걸 흔히들 로또라고 표현하니 2차는 연금복권이라 치자. 아이는 딸이었고 별 탈 없이 무럭무럭 자라 이제 '유딩'이 되었다. 연금복권이라 그런지 매달 정기적으로 행복감이 입금된다. 물론 미운 세 살을 넘고 넘어 미운 일곱 살을 앞두고 아이는 말대답도 곧잘 한다. 내가 화를 이기지 못하고 야! 하고 소리를 지르면 왜! 하고 반격이 바로 날아온다. 결코 주눅 들지 않는다. 무서우면 더 크게 소리를 지르는 아이를 보며 애가 나를 닮은 건가 싶기도 하다. 사춘기가 되면 참 볼만하겠지, 잠든 아이를 보며 해윤과 그런 이야기를 나눈다.

첫 아이를 (지금은 없어진 한국 나이로) 40세에 낳았으니 어딜 가나 학부모 중에서 내가 왕언니다. 아직까지 나보다 더 나이 많은 엄마를 본 적이 없다. 그런데 이게 웬일, 눈을 뜨자 임테기의 선이 보였다. 선명한 붉은색 두 줄이었다.

악!

나도 모르게 임테기를 벽에 집어 던지며 비명을 질렀다. 바닥에 떨어진 임테기는 내가 고령의 산모에서 더 나아가 '고오령'의 산모가 될 예정이라고 말하고 있었다. 이럴 수가.

7

새벽 2시가 넘어가던 시각, 나는 안방에 들어가 곤히 잠들어 있던 해윤을 깨웠다. 끌고 나왔다는 표현이 더 맞았다. 엉덩이를 걷어차서 깨우고 싶었으나 인격적으로 간신히 참았다. 내게 끌려나온 해윤은 거실의 밝은 조명에 눈을 찌푸렸다. 그의 멱살을 잡고 싶었으나 그것도 참았다.

"무슨 일이야?"

잠긴 목소리로 묻는 그에게 나는 임테기를 찌르듯이 내밀며 말했다.

"이거 어쩔 거야, 응? 어쩔 거냐고!"

그때 내 심정을 뭐라고 표현해야 했을까.(당황스럽다?) 눈물이 났다. 왜 지금인가.(억울하다?) 등단한 지 8년 만에 첫 책이 나왔고 태리도 좀 컸고 이제 그나마 자유롭게 쓸 수 있을 거 같은데(믿어지지 않는다?), 나 이제 노산도 아니고 '노오산'인데(민망하다?) 이게 물리적으로 가능한 일인가. 나난임이라고 했는데.(현대 의학에 불신이 든다?)

우리는 식탁 한가운데에 임테기 두 개를 두고 심각한 표정으로 마주 앉았다. 한 개를 쓰고 불량인가 싶어 나머지 한 개도 해본 터였다. 두 개 다 두 줄이었다. 팔짱을 끼고 임테기들을 노려보았다. 형광등 불빛 아래 붉은 두 줄이 선명한 임테기가 날것 그대로 누워 있었다. 두 개가 모두 불량일 확률은 몇 퍼센트일까. 하지만 나는 이미 알고 있었다. 그동안 내 몸에서 보내온 신호들이 모두 임신을 가리키고 있었다는 것을.

"우선 병원에 가보자."

침묵을 깨고 해윤이 말했다. 조심스럽고 유보적인 대답이었다. 우리는 날이 밝는 대로 태리를 유치원에 데려다준 후 병원에 가기로 하고 침대에 누웠다. 하지만 잠은 다시 오지 않았다. 정신은 점점 말똥말똥해지다가 급기야 지구의 반대편 나의 베프에게로 달려갔다. 지금쯤 유화는 뭐 하고 있을까?

8

인생은 그렇게 전후 사정이나 맥락과 상관없이 진행된다. 그래서 다이내믹하다. 멀리 떨어져서 보는 사람에겐 희극이나 실상 당사자에겐 비극이라고 누가 그랬나. 그런데 유화는 그 반대라고 할 수 있다.

내 대학 동기이자 절친인 유화는 고1 때까지 미대를 준비했다. 고2 때 음악으로 바꿨고 고3이 되자 문학 특기생으로 문예창작과를 들어온 이력의 소유자다. 지금은 재즈 피아니스트다. 이 이력은 유화의 많은 것을 설명해준다. 예술적 재능은 풍부하되 어떤 분야가 맞는지 자신의 적성을 알지 못했다는 것이다.

유화는 객관적으로 예쁘다. 키도 크고 날씬했다. 성격도 모나지 않아서 여러 사람과 잘 어울리는 편이다. 그래서인지 남자들로부터 대시를 참 많이도 받았는데 언제나 싱글이었다. "그냥 다 머저리 같아 보여." 그래놓고 깔깔깔 웃었다. 그중에는 우리 과 전 학년의 모든 여학생이(다른 과조차도) 짝사랑해 마지않던, 피지컬은 모델에 얼굴은 정우성을 닮은 어마어마하게 잘생긴 선배도 있었는데 머저리라는 말에 모두가 기함했다. 그랬던 유화가 조를 보는 순간, 머리에 뭔가로 맞은 것처럼 한눈에 반해버렸다고 했다.

"난 그 순간 내가 총에 맞은 줄 알았어."

그 유명한 가요 〈총 맞은 것처럼〉은 이별 노래로, 한때 나는 이 노래를 들으며 이별이 정면에서 총 맞은 것처럼 스타일리시하게 오는가에 대해 생각해본 적이 있다. 그 당시 나는 한 '고마운 개자식'으로부터 잠수 이별을 당한 상태였는데 그때 알았다. 이별은 '퍽치기'라는 것을. 어떤 이별은 뒤에서 몰래 뒤통수를 심하게 치고 달아나는 퍽치기처럼 야

비하고 비열하게 다가온다.

어쨌든 내 친구 유화는 자신의 적성에서 그랬던 것처럼 자신의 성향에 대해서도 무심했던 거 같다. 조는 보이시하긴 하지만 누가 봐도 여자였다. 유화가 예쁜 여성이라면 독일계 미국인인 조는 멋있는 여성에 가까웠다. 그리고 그 둘은 꽤 잘 어울렸다. 유화는 내가 결혼한 같은 해에 조와 결혼했다. 지구 저편의 뉴욕에서.

9

의사가 난황이 보이지 않으니 일주일 후에 다시 오라고 했고, 일주일 후 해윤과 나는 대기실에서 차례를 기다리고 있었다. 그 일주일을 뭐라고 해야 할까. 기대하지 말라고 하니 기대가 되었고 마음을 내려놓자니 내가 언제 올려놓은 적이 있었나 스스로에게 묻게 되는, 갈팡질팡하다가 아랫배를 가만히 내려다보게 되는 시간이었다.

솔직히 말해서 나는 계류유산일 거라고 생각했다. 이 나이에 자연 임신이라니, 심지어 나는 난임 인간인데 이게 말이 되나. 게다가 이제 첫 책이 나왔다. 그러고 바로 이어서 두 번째 책인 장편 출간을 앞두고 있었다. 그러니까 그 말은, 앞으로 내가 이전보다 할 일이 많아질 거라는 희망에 찬 순간이었다는 것이다.

결혼한 해에 등단을 했으니 문창과를 나와 글을 쓴 것치고 문청 시절이 길었다. 등단 이후 주목을 받지도 못했다. 8년이 지나서야 겨우 첫 책이 나왔다. 8년 동안 나는 우리 가족만 알아주는 작가였다. 그러다 첫 책이 나오자 "아, 너 아직도 글 쓰고 있었구나" 하고 주위에서도 조금씩 관심을 가져주는 상황이었다.

우선 박사 수료 상태를 끝낼 참이었다. 수료 상태로 10년이 흘러 지도 교수님은 퇴직을 앞두고 "나 죽기 전에 써라"라는 유언 같은 압박을 하셨다. 게다가 올해 책이 총 두 권 나올 예정이니 나는 마침 새 작품으로 논문을 쓸 수 있게 된 상황이었다.(내가 다니던 학교의 문창과는 본인 작품으로 창작 연구 논문을 쓸 수 있으나 단행본 두 권 이상 출간된 자격자에게만 한했다.) 학과 사무실에 전화해서 알아보니 나는 제적이 된 상태여서 다시 입학을 해야 하고(입학금을 내야 한다) 종합시험을 안 치렀으며(10년 전의 나에게 실망했다) 심지어 제2외국어 시험도 봐야 한다고 했다. 잠깐, 나 일본어 시험 봤던 기억이 있는데? 스미마셍.

"다시 확인해주세요. 일본어 시험을 봤다니까요?"

"잠시만요."

직원이 자판을 톡톡 두리는 소리가 나더니 입을 열었다.

"아…… 시험을 보셨었네요."

"그쵸? 봤다고 나오죠?"

"그런데……."

"문제가 있나요?"

"떨어지셨어요."

"네?"

"불합격이라고 되어 있네요. 다시 보셔야 해요."

"……."

10년 전의 나에게 화가 났다. 그러니까 나는 종합시험에 외국어 시험을 다시 쳐야 하고, 그걸 위해 한 학기 수업을 들으러 우리 집에서 아주 먼 곳에 있는 학교를 다녀야 한다는 말이었다. 이렇게까지 해야 하나. 학위를 받는다고 내 인생이 크게 달라질 거 같지 않았다. 하지만 그래도 할 생각이었다. 마무리가 안 된 느낌으로 살기 싫어서. 그러니까 나는 계류유산일 거라고 마음을 내려놓았다.

"김하율 님 들어오세요."

두근거리는 심정으로 의자에 올라가 앉았다. 차가운 질초음파기가 내 안으로 들어오는 게 느껴졌다. 일주일 전과는 다르게 의사는 마치 주소라도 가지고 있는 것처럼 바로 아기집을 찾아냈다. 그러더니 심지어 아무런 예고도 없이 우리에게 심장 소리를 들려주었다.

"아이고, 요 녀석 우렁차다."

확확확, 내 배 속에서 내 것이 아닌 심장이 거대한 소리를 내며 뛰고 있었다. 소리는 진찰실을 울릴 정도로 컸다. 심전도 그래프는 모니터를 뚫고 나올 기세였다. 난황이 안 보인다며? 의사는 너무 초기에는 그럴 수도 있다고 임신 확인서를 끊어주며 말했다.

"축하드립니다."

의사는 축하를 쥐여주었고 나와 해윤은 얼떨떨한 표정으로 진찰실을 나섰다.

10

문득 생각해보았다. 태리를 갖기 위해 4년간 했던 노력들을. 결국 난임 병원 컨베이어 벨트에 올라가서 아이를 '만들'었지만 그 전까지 개인이 할 수 있는 건 다 했다. 그건 내 단편소설 〈판다가 부러워〉에 나온다. 고양이 한 마리를 키우며 사는 난임 부부가 전세난을 맞아 이사를 하면서 겪게 되는 해프닝을 그린 수작(암, 그렇고말고)이다.

착상에 좋다고 하는 음식은 다 챙겨먹었다. 남편은 복분자즙, 부추즙, 산수유를, 나는 엽산, 종합 영양제, 생강, 양파즙을. 누군가는 곰국을 장복했다 하고 누군가는 추어탕이 좋다고 하며 어떤 사람은 생전복을 남편과 함께 먹었다 하지만 그건 아무리 생각해도 취향의 문제 같았다.

인터넷에 접속해 난임 카페에 등록했다. 엄청난 회원 수를 보면서 난임으로 고통받는 사람이 생각보다 많다는 것을 알게 되었다. 카페 활동을 열심히 하다 보니 어느덧 정회원이 되었다. 그곳에서 정보 교류와 정서 교감을 통해 얻은 것은 위로와 우울증이었다. 누군가 이번 달에도 홍양*을 만났다 하면 다 함께 탄식을 했고 이번 주 내내 숙제를 달리느라 피곤하다 하면 다 함께 파이팅을 외쳤다. 배란과 수정, 착상과 유산, 한방과 양방 사이에서 우리들은 갈팡질팡했다.

나 또한 배란유도제를 복용 후 의사가 점지해준 날짜와 시간에 맞춰 남편과 열심히 숙제를 했으나 임신 테스트기에는 매번 단호한 한 줄이 떴다. 한약을 먹고 아쉬탕가 요가를 끊고 할머니 같다는 남편의 놀림에도 꿋꿋이 배꼽 위까지 올라오는 누런색 쑥 면 팬티를 입었지만 다 소용없었다.

이제 와서 깨닫는 것인데 제일 중요한 것을 나는 간과했다. 수면 시간이었다. 두 달 동안 나는 나도 모르게 수면 재생 시간을 철저히 지켰고(밤 10시~새벽 4시) 신체 능력이 극도로 좋아진 김하율은 노구에도 불구하고 임신이 덜컥 되어버리는 인체의 신비를 온몸으로 증명한 초자연적 스토리다. 그러니 여러분, 일찍 자고 일찍 일어나는 건 새 나라의

* 수정에 실패해 생리를 하는 것을 일컫는 은어.

어린이에게만 해당되는 게 아닙니다. 잠이 보약이에요.

11

그날의 변산 앞바다를 떠올렸다. 달빛에 반짝이던 잔물결을. 고요한 사위 속에 놓여 있는 그 풍경을. 그 속에서 넋 놓고 바라보던 내 모습을. 그때 나는 다짐했더랬지. 홀로 깨어 있는 이 시간에 매일 일어나서 작업하자. 그렇게 꾸준히 작업하면 성과물이 있을 것이다.

생각지도 못한, 다른 성과물이었다. 변산 앞바다의 잔물결이 불러온 쓰나미랄까. 해윤과 병원 근처의 전복죽집에 들어가 늦은 아침이자 이른 점심을 들었다. 새벽 2시부터 깨어 있어서인지 하루가 무척 길게 느껴졌다. 해윤은 자기 몫의 전복을 젓가락으로 집어서 내 그릇에 놓아주었다. 나는 그걸 묵묵히 씹어삼켰다. 우리는 말없이 전복죽 한 그릇을 깨끗이 비웠다. 후식으로 나온 요구르트를 천천히 마시며 해윤이 물었다. 그의 눈빛이 허공 어디엔가 고정되어 있었다.

"그날이었나?"

서로의 기억을 더듬어가다 보니 5월 말의 어느 날 밤 잠자던 그를 더듬었던 내 손길이 기억났다. 그럼 그렇지, 내가 마리아일 리 없지.

그나저나 내가 올해 몇 살이던가. 한국 나이로 44세였다. 병원의 환자 차트에는 43이라고 적혀 있었다. 생물학적으로도 마흔이 넘었다. 예전에 시어머니와 며느리가 동시에 배가 불러왔던 그 시절을 떠올리면 아이는 손자뻘인 셈이다. 우리는 머릿속으로 분주히 나이를 계산하고 있었다. 애가 학교에 들어갔을 때 우리는 오십대, 우리가 환갑일 때 아이는 여전히 고딩. 해윤이 피식 웃으며 말했다.

"첫째가 현대 의학의 쾌거라면 둘째는 신이 주신 선물인가."

삼신할미가 콕 집어 우리에게 아이를 보내준 거라면. 죽집을 나와 약국에 들렀다. 영양제와 엽산을 샀다. 선물은 감사히 받아야지, 게다가 신이 주셨다는데. 생각과 몸과 다르게 사실 마음은 싱숭생숭했다.

12

"너 그거 알아?"

전화를 걸자마자 유화가 대뜸 물었다. 시계를 보니 오후 1시, 주말 점심 준비를 하려던 참이었다. 열세 시간 차이가 나니 뉴욕은 자정이 막 지났을 터였다.

"뭘?"

"사회의 평균연령이 높아지면 학교가 텅 비어. 대신 노인 요양원이 꽉 차겠지. 스위스 국민의 평균연령이 40세 이상이야. 나라 전체 분위기가 평화롭지. 예멘은 어떻게? 평균연령이 20세 이하야. 그 나라의 폭력 사태를 보면 어때, 혈기 왕성하지. 우리 집은 어떻게? 조는 이제 50이야. 우리 집 평균연령은 47세라고. 고요하다 못해 적막하다. 그래서인지 조가 더 침울해 보여."

유화의 숨도 쉬지 않고 쏟아내는 학술적 하소연을 들으며 나는 예멘이 처한 복잡한 상황에 대해 이야기하려다가 만만치 않게 복잡한 우리 집 상황을 계산해보았다. 내 나이 44세, 해윤 45세, 태리 5세. 평균연령 31.3세였다. 어느 정도 차분하고 활력 있으면서도 우아할 수 있는 나이대였다. 하지만 내 배 속의 생명을 간과해서는 안 된다. 나는 눈을 감고 앞으로 약 7개월 후의 상황을 그려보았다.

배가 고픈 건지 응가를 한 건지 울어젖히는 갓난쟁이의 목소리와 뭐가 안 되는지 신경질적으로 엄마를 불러대는 태리의 목소리가 하모니가 되는 가운데 뉴스를 틀어놓은 채 이 모든 소리를 이기려고 더 큰 소리로 통화하는 해윤의 목소리까지 들려오는 상황. 그 전쟁터 같은 집안의 평균연령을 계산해보았다. (1+6+45+46)÷4=24.5. 내전이 일어난대도 자연스러운 나이대였다. 눈앞의 이 폭동 같은 상황은 놀랍게도 정상인 것이다. 나는 흠칫 놀라서 번쩍 눈을 떴다.

"그래서?"

"끌어올려야 할 거 같아."

평균 나이대를 내려서 집안 분위기를 끌어올리겠다는 얘기 같았다. 유화는 몇 년 전부터 조가 졸라댔던 반려동물에 대해 심사숙고했고 그 대상을 신중히 고르고 골랐다. 제일 선호도가 높은 개는 유화가 개털 알레르기가 있어서 제외되었고 개털 알레르기가 있으면 고양이 털에도 반응하기에 고양이도 탈락이었다.

"개랑 고양이 빼면 뭐가 남아?"

반려견의 천국인 미국에서 그 밖에 다른 반려동물은 생각나지 않았다. 조류나 양서류는 너무 조용하다. 유화는 액티브한 동물이어야 우리 집 중위 연령을 내릴 수 있다고 했다.

"토끼? 잘 뛰어다니잖아."

"번식률이 높으면 곤란해."

"돼지? 꽤 빠를걸?"

"키워서 잡아먹는 건 아니지? 내 동심에 상처 주지 마."

비건에 가까운 유화에 비해 조는 육식주의자였다. 조에게 오이 알레르기가 있어서 유화는 오이를 숨어서 먹는다고 했다. 털이 없고 액티브한 동물이 뭐가 있단 말인가. 하나 남는 게 있긴 했다.

"털 알레르기가 없으면서 시끄럽고 빠르고 손이 많이 가는 동물이 하나 있긴 하지."

"뭔데?"

"우리 집에 한 마리 있고 곧 또 한 마리가 나올 예정이야."

레즈비언 커플이라고 애가 없는 건 아니다. 입양도 가능하고 정자은행의 도움을 받아도 된다. 하지만 유화는 눈치를 채고 사양했다.

"조는 애라면 딱 질색일걸. 그리고 이 나이에 무슨 애야."

"이 나이에 낳는 사람도 있는데 뭐."

"리스펙트한다, 친구야."

지구 건너편에서 존경이 날아왔다.

"그냥 식집사를 하는 건 어때? 요즘 식물도 많이 키운대."

"아침마다 물을 주며 조가 울지도 몰라."

유화가 침울한 목소리로 말했다. 생각보다 조의 우울증이 심한 모양이었다. 조는 플랫폼 개발자로 지금은 시니어 이용자의 행동 데이터 기반 맞춤 콘텐츠 추천 어플 개발 팀에 있었다. 뭔가 엄청 길고 거창한 이름 때문에 공대 출신일 줄 알았으나 의외로 조의 전공은 인구통계학이었다. 박사과정까지 수료한 재원이었다. 이성적이다 못해 시니컬했지만 유화에게만은 다정한데 유화는 그게 조의 매력이라고 했다.

"원래 성격이 그런데 전공을 공부하고 나서 더 그렇게 된 거 같아. 인간의 변천사와 역사를 알수록 인생이, 사는 게 부질없다는 생각이 든다는 거야. 게다가 지금 하고 있는 일이 시니어 비즈니스잖아. 아무래도 죽음과 가깝다 보니 더 우울한 거 같아."

조는 우울증을 앓고 있었다. 약을 먹은 지 3년이 넘었다. 원래는 위트 있고 진취적인 성격이었다고 한다.

"그런데 점점 어두워지더니 지금은 무기력하고, 그래서인지 살도 찌고 있어. 예전 옷이 하나도 안 맞아."

유화는 조가 들을까 싶은지 목소리를 낮춰서 말했다. 한국말을 모르는데도. 그때, 태리가 배가 고프다고 짜증을 냈다. 서둘러 전화를 끊었다. 그렇게 우리의 짧은 통화는 끝났고, 일주일 후 유화가 반려동물을 찾았다고 연락이 왔다.

13

첫째 때는 조심스러워서 임신 소식도 초기를 지나 13주 이후에 알렸다. 그런데 두 번째는 뭐든지 여유가 있었고 반대로 여력이 없었다. 돌봐야 하는 5세 아이가 있었기 때문이다. 동생 따위 관심도 없는 것 같았던 태리는 동생이 생길 거라는 말에 "정말?"을 몇 번이고 외치더니 벌써부터 언제 오느냐고 성화였다.

"아직, 아직 멀었어."

주위의 반응은 모두 놀랍다와 축하한다였다. 첫 책이 나오고 그다음주에 알렸으니 겹경사라고, 복덩어리라고 했다.

—언니, 태명은 뭐예요?

문자메시지로 승하 씨가 물었다. 아직 태명을 생각해보진 않았는데. 그럴 겨를이 없었다. 태리는 튼튼이라고 짓자고 했고(그건 너무 흔하잖아) 해윤은 태리가 자두였으니(임신했을 때 자두를 많이 먹었다) 둘째는 자몽이라고 하자고 했다.(이번엔 자몽이 그렇게 당겼다.) 하지만 몇 개의 안을 다 물리치고 내가 정했다.

"박사."

"박사? 왜?"

그 당시 나는 학위를 마음속에서 지우려고 노력 중이었다. 작업도 중단된 마당에 학위는 무슨. 그런데 첫 책이 나오고 나니 이상하게 일들이 밀려들었다. 연락도 없던 강의 문의가 들어오고 프로젝트 합류 제안이 들어왔다. 그리고 두 번째 책의 출간이 빠르게 잡혔다.

나는 아이와 작업 사이에서 선택해야 했다. 다른 종류의 좌절감이 일었다. 내 능력이 안 되어서 느끼는 좌절감이 아니었다. 낳기로 결심한 이상 이 아이의 생명과 건강을 지키는 것은 다른 누구도 아닌 엄마인 내 몫이었다. 나는 망설임 끝에 강의도 프로젝트도 모두 거절했다. 그리고는 주위를 둘러보고 혼자라는 확신이 들 때 울었다. 배 속의 아이에게마저 들키지 않을 정도로 울음을 삭이며 몰래 울었다.

박사. 결국 태명은 박사로 정해졌다. 에미는 이번 생에 글렀으니 너라도 박사 해라, 하는 심정이 담긴, 아쉬운 염원이 깃든 이름이었다.

14

2주 후 병원에 가서 피검사를 했다. 갑상선과 임신 당뇨는 정상. '아직' 정상이라고 받아들였다. 태리를 가졌을 때부터 노산이었던 나는 이미 갑상선 약도 복용하고 인슐린도 맞은 바 있으니. 그리고 이번에도 '먹덧'이었다. 토덧보다는 먹덧이 낫긴 했지만 괴롭기는 마찬가지였다. 먹덧은 속이 비면 울렁거리고 조금만 먹어도 목구멍까지 차오르는, 아주 기분 나쁘고 비효율적인 입덧이었다. 그리고 제일 나쁜 건 초기부터 살이 급속도로 찐다는 것이다. 벌써 배가 불러오고 있었는데 아무리 봐도 이건 아기가 아니라 내 살 같았다.

게다가 때는 바야흐로 팬데믹이었다. 마스크를 쓰고 삼복 더위에 씩씩거리고 길을 걷다 보면 땀이 줄줄 흘렀다. 마스크를 써서 사람들이 내가 임신부인 줄 모르면 어떡하지,라는 걱정이 들었다. 얼굴에 '임신'이라고 쓰여 있는 것도 아닌데. 보건소에서 임산부 배지를 받아 가방에 걸고 다녔다. 그리고 지하철에서는 당당히 핑크 좌석에 앉았다. 태리를 임신했을 때는 지하철에서 누군가 자리를 양보해도 민망했고 양보하지 않아도 그 앞에 서서 눈치를 주는 거 같아 민망했다. 하지만 이젠 달랐다. 나는 초산도 아니고 경산 임신부 아닌가. 게다가 노산 아닌가.

임신은 벼슬이다. 특히나 노산은 정일품이다. 영의정 정도? 오늘날 수상이나 총리 정도의 직급은 줘야 한다고 본다. 그런데 의전은 못할망정 어서 발딱 일어나지 못해? 나는 눈빛으로 상대를 일으켜 세웠고 우아하게 자리에 앉았다.

가을

15

어느덧 13주가 되었다. 태아에게 문제가 있는지를 검사하는, 이름도 무시무시한 '기형아 검사'를 하는 시기였다. 이 검사는 침습과 비침습 중 선택해야 한다. 바늘이 배 속으로 들어가 양수 검사를 하거나 자궁 경부에 도관을 넣는 것은 침습이고, 모체의 혈액에 떠다니는 미세한 태아의 DNA를 분류해 검사하는 건 비침습이다. 배 속에 있는 태아의 세포나 양수를 직접 채취하는 확진 검사가 좀 더 정확하지만 그만큼 부담스럽다. 양수를 오염시킬 수도 있고 심지어 태아를 찌를 수도 있었다.

간이 안 좋은 건지 안색이 어둡고 다크서클이 심한데 눈은 커서 연탄재를 뒤집어쓴 판다를 연상시키는 나의 담당의사. 그는 묵묵히 우리의 선택을 기다렸다. 몇 번의 진료로 이제 얼굴이 익은 그의 성은 심씨였다. 해윤과 나는 우리끼리 있을 때 그를 심 박사라고 불렀다. 심 박사는 코로나 백신 권유도 그랬고, 뭔가 소신이 분명하지만 립서비스는 좀처럼 할 줄 모르는, 그렇다고 불친절한 건 아니지만 서글서글한 매력이 있는 것도 아닌, 평양냉면의 육수처럼 '니 맛 내 맛'도 없지만 이상하게 자꾸 끌려서 내가 왜 이러지 싶게 하는 그런 캐릭터였다. 그런 심 박사가 밍밍한 표정으로 우리를 쳐다보고 있었다.

인생은 늘 선택의 연속이라지만 임신 출산의 경우는 더하다. 매번 진료를 갈 때마다 선택해야 했다. 그리고 그 선택에는 책임이 따랐다. 목둘레 검사를 통해 다운증후군을 걸러낼 수 있었고 피검사와 초음파검사를 통해 들어본 적도 없는 염색체 기형을 감지해냈다. 더 확실하지만 리스크가 따르는 검사를 할 것인가, 러프하게 걸러낼 것인가. 고민하는 우리에게 심 박사가 분명한 어조로 말했다.

"기형아 검사라는 이름의 이 선별검사의 목적은 임신 중단을 결정하기 위한 겁니다.”

어떤 사람들은 아이에게 기형이 있든 없든 상관없이 출산할 것이기에 이런 검사가 필요 없다고 한다.(물론 출산 후 조치를 취해야 하는 위급 상황에서는 사전 검사가 필요하다.) 하지만 주위를 둘러보면 1000명 중 한 명꼴로 생각보다 흔하다는 다운증후군 환자들은 쉽게 보이지 않는다. 그들은 모두 어디 있을까. 우리는, 나는 장애가 있는 아이를 키울 자신이 있나. 마냥 사랑해줄 자신이 있나.

“비침습 검사로 하겠습니다.”

심 박사는 고개를 끄덕였고 우리는 찬란한 생의 어두운 이면을 비밀리에 작당하는 모의꾼들처럼 조용히 자리에서 일어났다.

16

수화기 너머 유화의 목소리가 웬일로 들떠 있었다. 드디어 반려동물을 찾았다고 했다.

“축하해. 뭘 들이기로 했어?”

나는 기껏해야 햄스터나 고슴도치일 거라고 생각했다. 아니면 해양 생물. 화려한 색깔의 작고 반짝이는 열대어들.

"우선 숫자가 아주 많아. 빠르고 위험한 녀석들이지."

목소리를 낮추어 음산한 분위기를 조성하며 유화가 말했다. 많은 숫자에 빠르고 위험한 녀석들이라면.

"혹시 피라냐 떼를 들였니?"

수조 속에서 피 냄새를 맡고 이빨을 드러낸 채 떼로 몰려드는 피라냐들이 머릿속에 그려졌다. 누구의 피일까.

"날개가 있어."

"날개?"

피라냐는 아니군. 날개라…… 그렇다면 혹시?

"허니비!"

"꿀벌?"

반려충을 키운다는 얘기는 처음 들었다. 얘기를 들어보니 유화가 사는 뉴욕에는 도시 양봉업자들이 꽤 있다고 했다.

"도시에서 벌을 친다고? 꽃이 많아야 할 텐데."

"그러니까 일석이조지. 시에서 적극적으로 양봉을 지원하거든. 밀원식물을 많이 키워서 도심을 푸르게 하는 효과도 있으니까."

미국, 그중에서도 뉴욕은 2010년부터 도시 양봉에 대한 관련 규정이 생겼다고 했다. 버락 오바마가 대통령으로 재임하던 시절에는 미셸 오바마가 백악관에서 양봉을 했었다고. 뉴욕은 생각보다 퍽 건설적인 도시구나, 고개가 절로 끄덕여졌다. 대다수의 도시는 양봉에 적합한 조건을 가지고 있다. 농촌에 비해 고온 건조하고 살충제를 뿌릴 일도 적다. 처음엔 시큰둥하던 조도 적극적이라고 했다. 심지어 서로를 부르는 애칭마저 달라졌다고.

"뭐라고 하는데?"

"조는 나를 마이 플라워라고 불러."

수줍은 듯 유화가 작게 말했다. 아무래도 '유화'니까 그럴 수도.

"너는?"

"나는 조를…… 마이 허니비!라고 부르지."

꺄르르 웃는 유화의 웃음소리에 나는 깜짝 놀라 수화기를 귀에서 뗐다. 태리를 제외하고 최근에 저렇게 큰 웃음소리를 들어본 적이 있었나. 그것도 성인의.

"축하해."

아직 얼떨떨한 나는 유화에게 축하를 건넸다. 플라워와

허니비라. 사랑스러운 표현이었다. 그런데 전화를 끊고 다시 생각해보니 뭔가 외설적으로 느껴지는 건 내가 인간이기 때문인가, 외설스러운 인간이기 때문인가.

17

해윤은 장손이다. 장손에게 자식이 딸 하나뿐이어도 시부모님은 아무 말도 하지 않았다. 농담으로라도 손자 얘기를 한 번도 꺼낸 적이 없는데, 그건 며느리가 노산에다 임신 당뇨로 고생한 걸 알고 있기 때문이겠지만 나는 그분들의 교양도 한몫했다고 생각한다. 상견례 자리에서 아버님은 당신의 아내를 사돈에게 이렇게 소개했다.

"미적분을 푸는 사람입니다."

어머니는 오랫동안 집에서 과외를 했는데, 개포동 이 선생으로 그 일대에서 이름을 날리던 꽤 유명한 과외 선생이었다고 한다. 뼛속까지 문돌이이자 수포자였던 나는 '미적분'이라는 단어에 낯선 매혹을 느꼈고 자신의 아내를 그렇게 소개하는 아버님의 태도에서 멋스러운 매력을 느꼈다.

그 안에 존경과 사랑이 담겨 있었기 때문이다. 상견례를 했을 때 해윤과 나는 만난 지 두 달이 막 된 참이었다. 이런 부모를 둔 남자라면 결혼해도 되겠군. 그 자리에서 나는 결혼을 결심했다.(상견례 자리였는데!)

18

박사의 태몽은 개포동 이 선생님이 꾸셨다. 머리에 뿔이 달린 미지의 동물들이 모래바람을 일으키며 떼를 이루어 달려오고 있었단다. 어머니는 무서워서 한쪽으로 피했는데 그중 한 마리가 자신의 품속으로 와락 안겼다고 했다.

"상서롭다, 상서로워. 태몽이 맞아."

핸드폰 수화기 너머로 어머니의 흥분한 목소리가 들려왔다. 주위에 태몽을 꾼 사람이 아무도 없어서 좀 섭섭하던 참이었다. 그런데 머리에 뿔이 난 미지의 동물이면……

"유니콘이잖아."

해윤이 말했다.

"정말 상서롭네."

어머니는 꿈을 자주 꾸는 편이었는데 타율이 좋아서인지 종종 길몽을 꾸셨다. 1987년 주택복권에 당첨되던 날도 꿈을 꾸셨다고 한다.

"똥 꿈이었어."

온몸에 똥칠을 했는데 이상하게 냄새가 하나도 안 나더라고, 오히려 이상한 쇠 냄새 같기도 하고 철 냄새 같기도 한 게 나더라고 했다. 잠에서 깼을 때, 눈을 번쩍 떠서 그 익숙한 쇠 냄새가 뭐였을까 생각했다. 어머니는 벌떡 일어나 나가서 복권 한 장을 사왔다.

"그건 돈 냄새였어. 오래된 동전에서 나는 구리 냄새였지."

그러고는 2등에 당첨되어 1000만 원을 받았다. 당시 강남에 아파트 한 채 가격이 1000만 원이던 시절이었다.(하지만 강남에 아파트를 안 샀다!)

"그때 그 아파트를 샀어야 했는데……."

비록 투자는 잘 못했지만 어쨌든 그 후로 어머니의 꿈은 용하다고 소문이 났다. 그런데 유니콘 꿈까지 꾸실 줄이야.

태리의 태몽은 내가 꾸었다. 메주 꿈이었다. 거실 천장에 닿을 정도로 거대한 메주가 예쁜 핑크색 리본을 달고 놓여 있었다. 꿈속에서도 이게 태몽이라는 것을 알 정도로 뜬금없는 꿈이었다. 지금 와서 생각해보니 실제와 꿈은 연관이 있다. 태리는 쌈장을 무척 좋아하는 아이다. 그렇다면 유니콘은 무슨 상징일까. 애가 상서롭게 잘 뛰어다니나? 갑자기 층간 소음이 두려워졌다.

19

16주 동안 머릿속에서 두구두구두구두구 궁금증의 드럼이 계속 울리고 있었다. 드디어 박사의 성별을 알 수 있는 시기가 온 것이다. 태리가 딸이었기에 부담은 없었다. 동성 동생도 좋았고 이성 동생도 나쁘지 않았다. 태리는 여동생을 선호했지만.

굴욕 의자라 불리는 진찰 의자에 올라가 상의를 올렸다. 의사는 미지근하게 데워진 젤을 내 배 위에 찍 뿌리고 초음파기로 지그시 눌렀다. 검은색과 흰색으로 구성된 모니터 화면에 귀여운 대퇴골 두 개가 잡혔다. 그리고 그 사이로 더 귀여운 볼록한 돈음이 보였다.

"고추네요."

담담한 목소리로 심 박사가 말했다. 누가 봐도 고추였지만 원래 이렇게 대놓고 말해주나. 성별을 알려주는 건 불법이라 대부분의 의사들이 돌려서(엄마 혹은 아빠를 닮았군요, 핑크색이 어울리겠는데요 등등) 말하곤 하는데 역시 이 의사는 단도직입적이다.

가족 단톡방에 이 소식을 알리자 시누이는 꺄! 소리를 질렀고 어머니는 대박! 대박! 대박! 삼창을 불렀으며 아버님은 웬일인지 말이 없었다. 그러고는 약 한 시간 후 답글이 달렸다.

—너무 좋아서 기절해 지금 일어났다.

나는 의도치 않게 효부가 되어버렸다.

20

아이가 한 명 더 생긴다고 하니 걱정이 많아졌다. 그중에는 미래에 대한 우려도 있었다. 내 아이들이 살아갈 미래 말이다. 2021년 합계 출산율이 0.78명까지 내려갔다. 중위 연령은 점점 올라가고 있었다.

1950, 1960년대와 비교하면 8분의 1 수준이다. 그 당시 합계 출산율은 여섯 명이었다. 그때 그 유명한 표어가 나왔다. '덮어놓고 낳다 보면 거지꼴 못 면한다.' '세 자녀를 3년 터울로 35세에 단산하자.'

이랬던 게 1970년대에 이르러서는 또 이렇게 바뀐다. '딸, 아들 구별 말고 둘만 낳아 잘 기르자.' 세 명도 많으니 두 명만 낳자는 것이다. 심지어 불임 시술을 한 사람에 한해 아파트 우선 입주권 혜택까지 주었다고 한다.

1980년대에는 어떤가. 두 명에서 한 명으로 줄어든다. '둘도 많다, 일등 국민 하나 낳기.' '잘 키운 딸 하나 열 아들 안 부럽다.'

이렇게 인구 증가율을 억눌러 낮추려던 시도는 너무 빨리 조기 달성된다. 그러고는 2005년부터 인구 감소 위기를 느끼기 시작해 표어는 또 이렇게 바뀐다. '아빠, 혼자는 싫어요. 엄마, 나도 동생을 갖고 싶어요.' 어쩌란 말인가.

마침 웹진에서 청탁이 들어왔다. 원고지 50매, 짧은 단편소설 원고였다. 현재 내가 갖고 있는 미래에 대한 걱정과 우려를 이야기에 담아보자고 생각했다. 제목부터 떠올랐다.

'카운트다운.' 타임슬립 SF 소설이었다.

독립 영화를 찍는 배 감독에게 어느 날 한 할아버지가 찾아온다. 10분만 자신에게 시간을 할애해달라고. 팔십대에다 겸손하기까지 한 모습에 배 감독은 자리에 앉아 그의 말을 들어주기로 한다. 그런데 이 할아버지, 정신이 온전한 것일까. 자신은 지금으로부터 80년 후의 미래에서 왔다고 주장한다. 게다가 당신의 아들이라며 배 감독을 아버지라고 부른다.

감독은 약속이 있다며 슬그머니 자리에서 일어나 노인을 피한다. 주혁과의 약속 장소는 한 블록 너머. 혹시나 노인이 따라올까 싶어 경보로 한달음에 달려가 1층 커피숍에서 주문을 하는데 바로 옆에 그 노인이 떡하니 있는 것 아닌가. 그러곤 같은 테이블에 앉아 자신이 감독의 아들이라는 증거를 조목조목 밝힌다. 취향, 신체의 은밀한 유전병, 반려묘의 이름까지. 감독은 점점 흔들린다. 그렇다면, 내 아들이라면 미래에서 무슨 이유로 온 것이냐고 묻자 노인은 말한다. 지금 이곳에 아버지가 온 이유를 알고 있다고.

친구 주혁과의 약속 장소는 바로 위, 2층 비뇨기과. 1+1 혜택을 받기 위해 오늘 약속을 잡았고 이건 주혁과 자신밖에 모르는 사실이다. 아내도 몰랐다. 그런데 이 노인은 도대체 누구지. 노인은 다시 한번 말한다. 나는 당신의 아들이라고.

감독은 마지막으로 테스트를 한다. 당신 이름이 뭐죠? 배태랑입니다. 감독은 헉, 허를 찔린 듯 놀란다. 혹시, 다른 형제분은? 동생 이름은 배태리입니다. 감독은 흠칫 다시 한번 놀란다. 그건, 혹시 아이를 갖게 된다면 짓겠다 생각했던 이름들이었다. 마음속에 깊이 간직한 아무도 모르는 이름들.

인정하기 힘들지만 눈앞의 이 노인은 자신의 아들이 맞다. 낳지도 않은, 아직 존재하지 않지만 이미 존재하고 있는 아들. 줄곧 손목시계를 보며 노인은 초조한 듯 20분, 15분, 10분 남았군, 카운트다운을 한다. 그건 과거에 도착 후 30분이 지나면 자신이 소멸하기 때문이라고. 그 전에 자신이 온 목적을 말해야 한다. 묶지 마세요, 아버지.

노인은 자신의 아들의 아들의 딸이 바로 어제 태어났다는 것, 그리고 그간의 일들을 간략히 들려주며 그 행복한 시간을 자신에게서 빼앗지 말라고 부탁한다. 마음이 흔들리던 감독은 그래도 자신은 아이를 낳을 생각이 없다고 말하며 노인에게 잡힌 손을 빼려 한다. 과거 2020년대 부동산 가격 데이터, 영어 유치원 가격, 노키즈 존 등은 알아보고 온 거냐며. 감독이 아들인 노인의 손을 뿌리치고 2층으로 올라가려는 찰나, 시간이 다 된 아들의 모습이 점점 흐려지더니 사라진다. 그러고 바로 들려오는 폭발 소리. 2층에서 폭탄이 터졌다. 출산율 하락을 막으러 미래에서 온 강경파들이 비뇨기과에 폭탄을 설치하고 있다며 자신을 막았던 노인의 말이 떠오른다.

부서진 건물의 잔해 속에서 피 흘리는 사람들, 그 비현실적인 장면을 보며 감독은 생각한다. 이게 꿈이라면 정말 고약한 꿈이라고. 그러는 가운데서도 시간은 흐르고 있다. 째깍째깍.

21

20주는 40주의 임신 기간 중 딱 중반에 해당한다. 그래서 용어도 바뀐다. 20주 전에 아이에게 이슈가 생기면 유산, 20주가 넘어서면 조산이다. 유산은 죽는 거지만 조산은 일찍 태어난다는 의미다. 생존 확률이 높아진다. 하지만 태아는 여전히 400그램 남짓의 생명체. 그런데 나는 5킬로그램이 넘게 찐 상태였다. 양수를 포함한다고 해도 1킬로그램이 안 될 터인데 나머지는 그럼 뭔가.

"선생님, 이거 제 살인가요?"

누워서 배를 보인 채 내가 물었다.

"더 이상 말 안 할게요."

심 박사는 손 소독제로 손을 닦으며 말했다. 함구함으로써 보다 진실에 가까워진다는 아포리즘을 시전하는 거 같았다. 어미가 그러거나 말거나 아기는 잘 자라고 있었다. 정밀 초음파로 이 작은 인간의 뇌와 심장과 뼈마디 등을 살폈다. 자작나무의 껍질처럼 모니터에 나타난 아기의 뼈는 하얀색이었다.

"선생님, 백신 맞아야 해요?"

"그럼요. 맞는 게 좋죠."

심 박사는 너무나 당연하다는 듯 말했다. 본인도 꽤 오래전에 맞았는데 부작용이 없었다고. 하지만 임산부 백신 접종률이 굉장히 낮다는 것을 모르나. 훗날 부작용이 어떻게 발현될지 모르기 때문에 정부에서 독려 문자를 보내도 임산부들은 꿈쩍도 안 했다. 한때, 백신을 맞고 초록색 모유가 나온 산모의 동영상이 떠돌았다. 그게 사실이든 아니든 도시 괴담 같은 소문들이 들릴 때마다 몸이 움츠러들었다.

2020년부터 퍼지기 시작한 코로나19는 2021년도 중반이 지나는 시점, 그 정점에 달해 있었다. 백신 접종 유무에 따라 QR 코드로 사람을 분류했고 음식점에서도 4인 이상 한 테이블에서 먹지 못했으며 심지어 비접종자는 혼자 밥을 먹어야 했는데 그나마도 몇 달 후에는 들어가지도 못했다. 이런 세상이 올 수도 있다는 황당함은 공포로 변했다.

아이가 배 속에 있는 상태는 인간을 안팎으로 연약하게 만든다. 게다가 공포의 바이러스가 만연한 세상에서 백신을 맞지 않았다는 것은 무균실 밖에 있는 백혈병 환자를 떠오르게 했다. 어떻게 이런 세상이 온 걸까.

"선생님, 이런 세상에서 아이를 낳는 건 잘하는 행동일까요?"

의자에서 내려오며 내가 물었다. 심 박사는 자리에 앉으며 말했다.

"그럼요. 어떠한 상황에서도요."

22

"벌써 20주야? 남의 애는 빨리 큰다더니. 그래도 우리 애들만 할까."

그래놓고 또 까르르륵. 유화는 양봉을 시작한 이후로 웃음이 많아졌다. 조도 밝아지고 심지어 살도 빠졌다고 하던데 사진으로 보았던 독일계 미국인의 근엄한 표정을 떠올리면 상상이 안 갔다. 그리고 달라진 점이 또 하나 있다면 유화는 꿀벌을 '우리 애들' 혹은 '마이 허니'라고 부르기 시작했다는 것이다. 나도 태리를 꿀단지라고 부를 때가 있다. 아주아주 말을 잘 듣는 사랑스럽고 예쁜 내 아가일 때, 나는 달콤한 꿀로 가득 찬 내 꿀단지라고 부른다. 하지만 그럴 때는 아주아주 드물다.

유화의 허니들과 내 허니를 머릿속으로 비교해보았다. 우선 생김새가 다르다. 내 허니는 팔과 다리가 두 개씩인데 유화의 허니는 다리만 여섯 개고 거기에 더듬이도 달렸다. 내 허니는 화가 나면 침을 뱉지만 유화의 허니는 침을 쏜다. 내 허니는 게으르기 이를 데 없으나 유화의 허니는 밤낮없이 부지런하다. 내 허니는 아직 집도 못 찾아오지만 유화의 허니는 귀소본능이 탁월하다. 유화의 허니는 밥값을 하고도 남지만 내 허니는 밥값은커녕 돈이 많이 들어간다……. 이렇게 비교하니 굉장히 무능력한 생물을 키우는 것 같아 의

기소침해지지만, 뭐 인간이 그렇지. 지구상에서 가장 무능하면서 가장 유능하다고 생각하는 존재.

"요즘은 초저녁부터 잠이 막 쏟아져. 밖에서 해를 많이 봐서 그런가봐."

하품을 하며 유화가 말했다. 시계를 보니 오후 12시 40분. 초저녁이라고 하기엔 지구 반대편은 자정에 가까운 시간일 터였다. 열세 시간 차가 나는 곳에 살고 있기에 유화와의 통화는 늘 정오에 가까운 시간이거나 늦은 밤에 이루어졌다. 하지만 늦은 밤인 경우는 거의 없었다. 유화는 늦게 자고 늦게 일어나는 패턴을 지녔는데, 하는 일이 그랬다. 주말에는 재즈 바에 나가서 피아노를 쳤고 주중에는 레슨을 했는데 모두 저녁이었다.

"육아가 보통 일이 아니지?"

"나 벌써 두 방이나 물렸잖아. 보통 애들이 아니야."

내 말에 맞장구를 치며 유화가 말했다. 물린 게 아니라 쏘인 거겠지.

"맞다, 오늘 조가 저녁 먹으면서 그런 말을 하더라. 에도시대 일본에서는 '마비키'라는 말이 있었대. 식물을 솎아낸다는 의미인데 영아 살해를 그렇게 불렀다네? 아이를 많이 낳는 부부는 사회질서에 반한다고 비난을 받던 시절의 이야긴가봐, 옛날 중국처럼. 그런데 왜, 한국에서도 그 비슷한 말 있지 않았어? 생각이 안 나서 말을 못해줬네."

박학다식한 조는 저녁 식사 때 유화에게 종종 이런 이야기를 해준다. 유화는 그런 조의 얘기를 듣는 것이 참 좋다고 했다. 잉꼬부부였다.

"아무튼 나 졸린다. 자야겠다. 점심 맛있게 먹어."

"그래, 잘 자."

작업실에서 점심으로 싸온 샌드위치를 베어물기 전 나는 혼자 중얼거렸다. 애물단지. 유화가 말하려는 건 아마 애물단지였을 것이다. 애를 묻은 단지의 줄임말. 영아일 때 아이가 죽으면 묘를 쓰지 않고 단지에 담아 묻었다. 하지만 그 죽음이 타의에 의한 것도 있었다. 주로 여아들이 그랬다. 연속으로 딸을 낳았을 때, 낳자마자 윗목에 던져놓았다는 야만의 시절 이야기들. 샌드위치를 씹으며 나는 나의 꿀단지를 떠올렸다.

23

드디어 때가 왔다. 25주. 공포의 '임당 검사' 시기였다. 어느 정도 마음의 준비는 하고 있었다. 첫째 때 임신 당뇨면 둘째는 자동이라는 말을 맘카페에서 들었기 때문이다. 태리를 가졌을 때 인슐린 주사를 배에 맞으며 고생했던 게 떠올랐다. 번거롭고 아팠던 것보다 나를 더 힘들게 했던 건 죄책감이었다. 내 잘못으로 당뇨에 걸렸다고, 그래서 아이를 위험에 빠트렸다고 생각했기 때문인데 그건 너무 순진한 생각이었다.

우선 당뇨는 내 잘못이 아니다. 유전이기 때문이다. 부모님이 모두 당뇨를 앓고 계셨다. 인슐린을 안 맞았을 때가 위험한 거지(출산 시 저혈당 쇼크와 거대아로 태어날 확률이 높다) 인슐린으로 당 조절이 되면 문제 될 게 없다.

첫째 때의 경험으로 스트레스는 반절로 줄었다. 게다가 태리 때는 식전, 하루 세 번에 걸쳐 배에 주삿바늘을 찔러야 했는데 이번은 지속형으로 처방받아서(이런 게 있는 줄 몰랐다) 저녁에 한 번만 찌르면 됐다. 물론 피자나 햄버거처럼 일탈을 하기 위해서는 먹기 전에 속성형을 한 번 더 찔러줘야 한다.

여전히 음식 조절은 중요해서 오히려 평상시보다 혹독한 식단을 짜야 했다. 임신부가 되면 맛있는 걸 마음껏 눈치 안 보고 사람(남편)을 부려가며 먹을 수 있다는 것은 판타지다. 내가 아니라 배 속 아기가 먹는 거라는 말도 안 통한다. 임신부는 일반인보다 고작 밥 한 공기 정도의 칼로리가 더 필요할 뿐이다. 게다가 초산모가 아닌 경산모는 기존의 돌봐야 하는 아이가 있기에 왕비처럼 그런 호사를 누리지도 못한다. 오히려 배부른 시녀에 가깝다.

이렇게 써놓고 보니 임신이라는 것이 아주 몹쓸 경험 같지만 그렇지만도 않다. 나는 그때의 습관으로 파프리카와 당근 등의 채소를 좋아하게 됐고 당화혈색소 검사를 정기적으로 해서 미래의 나에게 닥칠 제2형 당뇨를 공격적으로 예방하고 있으며 그래서 오히려 건강을 챙기는 삶을 살고 있다,면 좋을 것인데 그러기엔 천성적으로 게으르다. 이건 임신의 문제가 아니라 개인적 기질의 문제다.

어쨌든 그건 훗날의 깨달음이고, 25주 때의 나는 덜덜 떨며 공포의 임당 검사 결과를 기다리고 있었다. 역시나 재검이 떴다. 재검이 더 싫었다. 토 나올 거 같은 시럽을 몇 배 더

마셔야 하고 세 시간 동안 병원 대기실의 불편한 의자에 앉아 한 시간에 한 번씩 세 번, 피검사를 해야 하기 때문이다.

"재검하나 마나 당뇨일 거예요. 그냥 인슐린 맞으면 안 될까요?"

나는 슬픈 눈으로 의사에게 읍소했다.

"그럼 다 자비로 하셔야 해요. 의료보험이 안 되거든요."

나는 눈물을 머금고 재검을 치렀고 당당한 임당 임신부가 됐다. 그리고 알코올 솜과 1회용 바늘, 혈당 측정기는 나머지 임신 기간 동안 나의 메이트가 되었다.

24

임신 후기로 갈수록 임신중독이나 당뇨, 소양증, 자궁무력증, 하혈만큼이나 무서운 증상이 찾아왔다. 바로 산전 조울증이었다. 혹시 오열하면서 웃어본 적이 있는가. 상대가 두려운 눈빛으로 쳐다볼 것이다.

코로나로 인한 사망자 집계가 매일 뉴스로 흘러나왔다. 태리의 유치원에서도 확진자가 나왔고 그 소식은 속보로 전해졌다. 위험을 감수하며 유치원을 보내는 것보다 좀 피곤하더라도 가정 보육을 하기로 결정했다.

당시 우리는 주상복합 아파트에 살고 있었다. 지하 1층에 대형 할인 마트가 있어서 매일 마트를 한 바퀴 도는 것이 무료한 일상의 유일한 낙이었다. 그러고도 해윤의 퇴근 시간까지는 아주 많은 시간이 남아서 집에 돌아와서는 아이에게 TV를 틀어주었다. 처음에는 한 시간으로 시작한 게 나중에는 '하루 종일'이 되었다. 단, 한글 교육 프로그램만 보여주었고 그 기간 동안 태리는 한글을 뗐다. 그리고 나는 우울증을 얻었다.

하루 종일 아이와 함께 집에 갇혀서 해윤의 퇴근 시간만 기다리는 나날이 지속됐다. 그러다 해윤이 저녁 약속이라도 잡으려 하면 나는 예민해졌다. 심지어 골프 약속도 있었다. 주말에 해윤의 핸드폰이 울렸다. 어제 함께 골프를 쳤던 친구 A에게서였다. 그는 전전날 함께 저녁을 먹은 친구가 확진되었다는 소식을 전했다.

그러니까 친구 A는 확진자 친구와 (모르고) 저녁을 먹었고 다음날 해윤과 골프를 쳤으며 오늘 밀접 접촉자로 전화를 받았다는 것이다. 아직 그의 확진 여부는 나오지 않은 상태였다. 그 말을 듣자마자 나는 스멀스멀 감정이 올라오는 게 느껴졌다. 곧이어 그 감정은 복받쳐올라 오열에 이르렀다.

내 머릿속에서 친구 A는 이미 감염이 되었고 그가 해윤에게 옮겨 나까지 확진이 된 상태였다. 나는 고열에 시달리며 확진자 전문 병원으로 옮겨져 홀로 외롭고 아프게 지내다가 낯선 병원에서 내 담당의가 아닌 낯모르는 의사와 하얀색 방호복을 입은 사람들에게 둘러싸여 제왕절개를 하고 있었다. 그러나 무슨 이유에선지 호흡이 가빠지기 시작한다. 더 나아가 심전도 그래프가 불규칙하게 움직이며 의사와 간호사들의 몸놀림이 분주해진다. 아이를 무사히 빼내고 난 후 미처 수술 부위를 닫기도 전 심장 충격기가 들어온다. 하나, 둘, 셋, 슛!을 외치는 의사의 이마에 송글송글 땀방울이 맺히기 시작할 무렵 내 감은 눈에서는 눈물 한 방울이 떨어지고, 인생이 주마등처럼 스치고 지나갈 때 심전도 그래프는 일자를 그리며 삐 소리를 내는데……

여기까지 상상력이 달려간 나는 오열 포인트가 너무 많아 눈물을 그치지 못했고 해윤은 난처한 표정으로 달래듯 말했다.

"아직 모르잖아. 단둘이 먹은 것도 아니고 멀리 떨어져 있었대."

"있잖아, 내가, 죽으면, 흐흑, 태리랑, 박사, 잘 키워줘. 흐흑…… 그리고……"

눈물 콧물을 쏟으며 나는 말을 이었다.

"그리고…… 재혼은, 하지 마."

해윤은 고개를 숙이고 어깨를 들썩였다. 얼핏 얼굴을 보니 어금니를 악물고 웃음을 참고 있었다. 나도 말하면서 이미 웃음이 비어져나오고 있었다. 이 와중에 재혼은 하지 말라니. 오열과 폭소가 함께 터져 혼란스러웠다. 나 미쳤나.

내가 미친 게 아니었다. 이런 세상에서 임신을 하는 게 사람을 미치게 만들었다. 어느 날부터는 매일 산책처럼 가던 지하 1층 마트 입구에서 제지를 받았다.

"비접종자는 출입이 불가능합니다."

직원이 무표정한 얼굴로 말했다.

"뭐라고요?"

앞을 가로막는 그를 향해 물었다.

"출입 불가라고요."

부아가 치밀어올랐다. 뉴스에서 보긴 했지만 이게 사실이란 말인가.

"아니이, 내가 국경을 넘는대요? 분쟁 지역을 가겠대요? 만삭의 임신부가 두부 사러 마트 좀 가겠다는데 그걸 못 가게 해요?"

직원은 여전히 무표정으로 나를 바라볼 뿐이었다. 그가 무슨 생각을 하고 있는지 알고 있었다. 진상. 치밀어오르던 분노가 사그라드는 게 느껴졌다. 나는 어깨를 축 늘어뜨린 채 태리와 함께 돌아섰다. 슬픔과 무기력이 나를 덮쳤다. 이젠 갈 수 있는 데가 아무 데도 없다. 영하로 내려간 길거리뿐. 충격이었다. 북한을 제외하고 이 지구상에서 내 의지와 상관없이 못 가는 곳이 있다는 게, 심지어 그게 우리 집 지하 1층이라는 것이 놀라웠다. 다른 세계로 넘어가는 출입구도 아니고. 이거 너무한 거 아닌가.

코로나 초기, 마스크가 부족해 혼란스럽던 정세에 명동에서 마스크를 산 적이 있다. 장당 가격이 5000원이었다. 열 장이면 5만 원이었다. 사람들이 앞다투어 지갑을 열었는데 누군가는 10만 원, 또 누군가는 100만 원어치를 구매했다. 얼떨결에 우리도 줄을 섰는데,

웃지 마시라. 그 마스크들, 아직도 우리 집 금고에 있다.

겨울

25

화다닥. 유치원에 다녀온 태리가 자기 방으로 쏙 들어갔다가 한참 후에 나왔다. 점점 비밀이 많아지는 다섯 살이었다.

"배태리, 배터리 충전해야지. 어서 간식 먹어."

내가 제일 좋아하는(태리는 싫어하는) 농담을 던지며 프렌치토스트를 내밀었다. 하지만 입이 초고속으로 짧은데다 입맛이 토종인 태리는 역시나 고개를 저었다. 태리는 태어나서 지금까지 약 5년의 인생 동안 변비를 겪은 적이 한 번도 없다. 김치, 콩나물, 당근, 오이지, 사과를 좋아하고 고기 같은 단백질류를 싫어한다. 밥보다는 면을 즐기고 그중에서 제일 좋아하는 면은 스파게티다. 햄버거나 피자, 감자튀김 같은 패스트푸드는 입에 대지 않는다. 나는 눈을 감고 이런 내 딸의 전생을 가만 생각해보았다. 보인다, 보여.

"넌 있잖아, 전생에 오키나와 장수마을에서 120세까지 산 최장수 할머니였어."

잘 생각해보라고, 뭔가 생각나는 게 있을 거라는 나의 말에 태리는 귀찮은 듯 고개를 돌렸다. 그러고는 저녁으로 스파게티를 해달라는(일주일째 같은 메뉴) 태리를 보며 나는 다시 눈을 감았다. 이번에도 뭔가 보였다.

"넌 있잖아, 전생에 시칠리아섬에서 그리스식 식단을 엄격하게 고수하며 120세까지 산 최장수 할머니였어."

하지만 양식이든 한식이든 일식이든 빠지지 않고 심지어 간식에도 함께하는 반찬이 있었으니 바로 꼬들꼬들한 오이지였다. 볶음김치도 애정하는 반찬이라 종종 같이 올랐다. 그리고 무슨 다섯 살짜리가 쌈장을 그렇게 좋아하는지 상추에 콩나물과 쌈장을 넣고 야무지게 싸먹었다. 그래서 태리의 모친인 나는 다시 한번 눈을 감을 수밖에 없었으니, 이번엔 좀 흐릿했다.

"음…… 넌, 조선시대 어느 마을 유지의 종갓집 맏며느리였어. 장맛이 일품이라고 알려진 그 집안 대대로 이어져 내려오는 레시피를 혼자만 알고 있는 고독한 할머니였지. 죽기 직전에 아무도 모르는 그 장맛의 비법을 며느리에게 알려주고자 했으나 100세가 넘도록 안 돌아가셔. 120세가 되어서야 며느리의 며느리의 며느리가 겨우 전수받을 수 있었……"

"엄마!"

눈을 뜨자 태리가 내 앞에 납작한 돌멩이 세 개를 내밀었다. 황토로 빚은, 다식처럼 보이는 돌이었다.

"이거 갖고 나랑 놀자."

"어디서 났어?"

처음 보는 장난감이었다. 태리는 유치원 친구가 준 거라고 말했다. 그걸로 한참 홀짝 게임과 컵을 이용한 야바위 놀이를 하고 있자니 해윤이 퇴근을 했다. 이런 건 해윤이 더 잘했다. 나는 태리를 그에게 맡기고 저녁을 준비했다. 오늘도 시칠리아 최장수 할머니를 위해 스파게티를 만들고 해윤과 나는 간단한 비빔밥을 해서 거하게 먹었다. 후식으로 사과를 깎고 있을 때였다.

"배태리, 너 이거 어디서 났어?"

황토색 돌을 가리키며 해윤이 물었다. 태리는 아까 내게 대답했을 때와는 달리 어물거리며 대답했다.

"유치원에서 친구가……."

해윤이 핸드폰으로 내게 사진을 보여주었다. 매일 유치원 사이트에 올라오는 태리 반 아이들의 일상 사진들이었다. 추석 전통 놀이를 한 모양이었다.

"왜?"

내가 묻자 해윤이 사진 속의 어딘가를 가리켰는데 바닥에 바로 그 황토색 돌이 있었던 것이다. 태리의 유치원은 몬테소리를 기본으로 하는 곳이라 교구가 많았다.

"친구가 준 거라며? 유치원 교구 아니야?"

해윤이 날카로운 눈빛으로 태리에게 물었다. 둥글둥글한 외모와 달리 해윤은 어떤 면에서 굉장히 날카롭고 예민했는데 무엇보다도 촉이 좋았다.

"응……."

태리의 자신 없는 목소리. 이어진 아빠의 유치원 가방 검사. 앞주머니에서 돌이 세 개 더 나왔고 며칠 전에 친구에게 준다고 가져갔던 액세서리도 나왔다.

"이거 지우 준다고 했던 거잖아."

줬는데 안 받았다고 했다가 그날 지우가 안 왔다고 했다가, 횡설수설하는 태리를 무섭게 내려다보던 해윤이 태리를 '생각하는 의자'에 앉히고 심문하기 시작했다. 언제, 어디서, 어떻게를 집요하게 묻는 아빠의 공격에 얼마 못 버티고 태리는 엉엉 울기 시작했다.

태리는 유치원 교구를 몰래 가져온 것을 실토했고 더 나아가 친구에게 주려고 했으나 마지막에 아까운 마음이 들어서 주지 않았던 속내까지 고백했다. 우리는 다음날 유치원에 가져가서 선생님께 다 같이 사죄를 하자고 약속했다.

잠든 태리를 가운데 눕히고 해윤과 나도 침대에 누웠다. 아이의 첫 번째 절도에 이어 거짓말까지. 우린 충격을 받았다. 다섯 살만 되어도 뭔가를 훔칠 수 있고 거짓말을 할 수 있구나. 첫아이다 보니 뭐든지 처음이라 우린 당황해하고 있었다. 나 어릴 때도 그랬던가.

"나 다섯 살 때 어머니한테 처음으로 맞은 적이 있거든. 빨간색 장지갑으로 엉덩이를 호되게 맞았어."

해윤이 천장을 보면서 조용한 목소리로 말을 건넸다.

"지갑 색깔까지 기억하는 걸 보니 많이 맞았나보네. 왜 맞

왔는데?"

"방앗간에 어머니를 따라갔는데 옆에 수북하게 하얀 쌀이 쌓여 있는 거야. 한 주먹 주머니에 넣고 나왔거든. 그러고 엄마한테 자랑했지."

엄마, 이거 봐봐, 하며 바지 주머니에서 하얀 쌀을 꺼내는 다섯 살의 해윤. 어머니는 남의 것을 훔쳤다는 이유로 방앗간 뒤쪽으로 해윤을 끌고 갔다. 회칠한 벽을 바라보며 해윤은 그 작은 엉덩이에 피멍이 들 때까지 맞았다. 그날 밤 딸꾹질을 하며 울다 잠든 해윤은 어머니가 엉덩이에 연고를 발라주던 그 밤의 감촉을 기억한다고 했다.

"태리도 오늘을 기억할까? 첫 절도의 날."

아빠가 집요하게 심문을 하던 저녁, 창밖으로 보이던 그날의 노을빛. 부모가 된다는 건 뭘까. 아이는 어떻게 키워야 하는 걸까. 5년 경력의 우리는 서툴렀고 앞으로도 그럴 것이다. 엄마 아빠도 부모가 처음이라.

다음날, 태리 이야기를 들은 유화가 말했다.

"너, 여왕벌이 어떻게 여왕벌이 되는지 알아?"

"태생이 다르겠지 뭐."

나는 양봉업자가 아니다, 유화야.

"일벌은 모두 중성화된 암컷이야. 여왕벌도 처음엔 똑같은 여느 암컷 알로 태어나지. 그런데 일반 유충은 3일 정도만 먹는 특별식을 한 유충에게는 성충이 될 때까지 매일 먹이는 거야. 이 특별식이 바로 로열젤리야. 그리고 주거 공간도 넓은 곳으로 옮겨줘. 그럼 얘는 일반 일벌과는 다른 형태와 크기, 구조를 가지면서 크게 돼. 수천수만 마리 중에 하나인 유일무이한 존재가 되는 거지."

"태생이 아니라 환경이 만드는 거네."

"맞아. 그러니까, 크게 키워."

유화가 하품을 하며 말했다. 그러곤 나 잔다, 하며 전화를 끊었다. 나는 미처 못한 말을 빈 수화기에 대고 혼자 중얼거렸다.

"그런데 유화야, 그거 로열젤리 비싼 거 아니니……."

26

30주 후반이 되어가는데도 박사는 나올 기미가 없었다. 태리가 38주에 양수 파열로 나왔기 때문에 이번에도 38주

전후로 나올 줄 알았던 나는 시간이 지날수록 초조해졌다. 지금까지 버텼는데 막판에 확진이 될까봐서였다. 하루에도 사망자가 가늠이 안 될 정도로 나왔고 주위에 누구누구가 확진이 되었다더라, 밀접 접촉자더라, 하는 말이 떠돌았다. 보이지 않는 손이 점점 목을 조이는 느낌이었다.

그때 나는 코로나 예술인 창작지원금을 받아 작품을 구상 중이었다. 마감일은 출산 후 산후조리원에 있을 즈음이었다. 비교적 편한 시기인, 아이가 '배 속에 있을 때' 작업을 마쳐야 했지만 현실은 그렇지 않았다. 낮이나 밤이나 부른 배가 너무 불편했고 태리는 여전히 가정 보육 중이었다. 도대체 물리적, 심리적으로 시간이 나지 않았다. 그래서 나는 '천국'이라는 산후조리원에서 마감을 칠 위험한 생각을 하고 있었다. 구상은 대충 해놓은 상태였는데 제목은 '천국이라 들었다'. 원고지 50매 정도의 짧은 이야기였다.

이 작품의 줄거리를 한 문장으로 말하자면, '코리안 드림'이라는 천국으로 결혼 이민을 온 베트남 여성이 천국이라 하는 산후조리원 입성을 눈앞에 두고 전염병에 걸려 병원을 전전하다가 거리에서 출산을 하면서 정말 천국에 가게 된다는 이야기다. 한 문장만 들어도 슬프지 않은가. 이야기는 이렇다.

이것은 한국 남자와 결혼한 베트남 여자 쑤엔의 이야기다. 한국에 온 지 2년이 되어가는 쑤엔은 36주 차 임신부다. 어느 날 저녁, 남편은 친구의 전화를 받더니 신속 항원 검사를 한 후 자신이 코로나 양성이라는 것을 알게 된다. 그 사실을 알게 되자마자 쑤엔은 진통을 느낀다. 119 대원들이 도착해 그녀를 B 병원 응급실로 옮긴다. 유도 분만을 위해 혈관에 수축억제제를 놓아서 자궁 경부를 연다. 하지만 그때 남편의 PCR 검사 결과가 나오고 양성으로 판명되자 병원은 수축 억제제를 다시 놓아서 억지로 자궁 경부를 닫아버린다. 그러고 퇴실을 명령한다. 환자는 음성이라고 대원들은 항의하지만 병원은 지침이 바뀌었다며 일주일 후에도 음성이 나와야 한다고 말한다.

대원들은 병원에 화를 내며 보건소에서 소개한 C 병원으로 향한다. 겨우 도착한 그곳에서는 문전박대를 당한다. 이 병원에서는 37주 차부터 유도 분만과 제왕절개가 가능하다는 것이다. 119 대원들은 병원들이 일부러 피한다는 것을 알고 있다. 차라리 양성이면 확진 임신부 전담 병원에 가는데 음성이면서 밀접 접촉자라는 점이 맹점이었다. 그런 임신부들이 갈 수 있는 곳은 없었고, 말 그대로 길거리에서 애를 낳거나 그러는 가운데 사망하는 사람들이 생겼다.

쑤엔은 정신을 다잡으려고 노력하지만 진통에 정신이 혼미하다. 한번 열린 경부는 이미 피범벅 상태다. 친구 로엔이 얘기한 산후조리원에 대해 생각한다. 로엔의 말에 의하면 한국의 산후조리원은 천국이라고 했다. 호텔처럼 삼시 세끼 근사한 식사가 나오고 청소를 해주며 아이를 봐주니까 산모들은 자신의 컨디션 회복에만 신경쓰면 된다고. 심지어 요가 프로그램도 있는데 가장 황홀한 것은 마사지를 받는 일이라고 했다. 아이 낳고 찐 살이 다 빠져서 나오는 곳이라고. 예약금도 지불했는데. 쑤엔은 천국에 입성해야 한다고 다짐한다.

그러다 양수가 툭, 하고 터진다. D 병원으로 가던 중 119 대원은 우리라도 애를 받아야 하는 거 아니냐고, 차를 세우라고 하지만 이미 고속도로에 진입한 차는 멈출 수가 없다. 쑤엔은 정신을 놓고 만다. 자신의 아이 태명을 부르면서⋯⋯ 쏘아이.

쏘아이는 베트남어로 망고를 뜻한다. 엄마가 입덧 때 망고만 먹었기 때문에 그런 태명을 얻었으나 그걸 알 리 없는 태아 쏘아이는 익숙한 목소리를 듣는다. 그리고 벽이 자신을 밀어내고 있다고 느낀다. 가까운 곳에서 빛이 반짝반짝 손짓을 한다. 문이 열리고 있다. 풍문으로는 저 문을 넘으면 천국이 있다고 들었다. 쏘아이는 천국을 향해 손을 내민다.

이 작품은 실화를 모티프로 삼았다. 당시 임신부들의 기사가 여기저기서 쏟아지던 때였다. 확진자 임신부만 전담으로 하는 병원에 가서 방호복을 입은 의사들에게 둘러싸여 출산하는 것은 상상만으로도 두렵고 비참하게 느껴졌다. 하지만 이런 출산은 그래도 양반이었다. 문자 그대로 길거리에서 아이를 낳는 경우도 종종 있었다. 119 구급대원이 영상통화로 의사의 지시를 받아 아이를 받았다는 이야기는 괴담 같지만 실제였다. 이 병원 저 병원으로 떠넘기다가 길바닥에서 아이와 양수를 그야말로 '쏟는' 것이다. 작품에서도 나왔지만 이 사태들의 맹점은 음성이면서 밀접 접촉자라는 데 있었다. 작품 속 119 구급대원은 말한다.

"그런 임신부가 어디 한두 명이겠어? 어디 가서 낳으라는 말이야? 이러면서 무슨 저출산이 어쩌고……. 정말 지옥도가 따로 없네."

27

"너무 슬픈 이야기다."

내 소설 이야기를 들은 유화가 한숨을 내쉬며 말했다.

"꿀벌이 사라지면 인류도 4년 안에 멸망할 거라는 말이 있어."

"살벌한 경고네."

유화의 말에 따르면 아인슈타인이 한 말이라고들 알고 있지만 실은 1994년 프랑스의 양봉가들이 수입 꿀에 대한 관세 인하에 반대하며 시위를 할 때 팸플릿에 적었던 문구라고 했다.

"나도 이번에 알게 된 건데 벌집들이 자꾸 사라지고 있어. 미국은 1950년대에 벌집이 600만 개였는데 250만 개로 줄었대. 그것도 10년 전 얘기니까 지금은 더 줄었겠지. 한국도 지금은 100만 개 초반일걸."

유화의 말에 의하면 이렇게 꿀벌의 개체 수가 감소하는 세계적인 현상을 '벌집군집붕괴증후군'이라고 했다. 이 현상의 특징은 꿀을 찾으러 나간 꿀벌이 집으로 돌아오지 못하는 것이다. 이렇게 일벌이 돌아오지 못하면 벌집에 남아 있는 여왕벌과 애벌레는 떼로 죽는다.

"그런데 그 꿀벌들이 흔적도 없이 사라진대. 정말 이상하지?"

"어디 간 거야?"

"그건 그 벌들도 모를걸. 본인들이 어디에 있는지는."

여러 가설 중 하나는 태양의 흑점 폭발 때문이라고 했다. 흑점이 폭발하면 지구의 자기장이 교란당하면서 꿀벌이 길을 잃는다고 했다.

"벌들은 자기장을 느끼면서 길을 찾거든."

꿀벌 박사가 된 유화의 말을 듣고 있자니 안개가 자욱한 곳을 헤매고 있는 꿀벌이 그려졌다. 얼마나 외롭고 무서울까. 뒷다리에 달라붙은 꽃가루가 점점 무겁게 느껴지고 아까 마신 꿀은 이미 소진되어 기력이 없는데 집은 어딘지 모르겠고. 메이데이 메이데이, 여기가 어딘지 모르겠다. 귀환이 어렵다 오바. 꿀벌은 안개 속에서 날갯짓을 멈춘다. 1만 2000개의 눈을 깜박거려보지만 보이는 것이라곤 뿌연 회색뿐이다. 여긴 어디고 나는 누굴까.

"어디 것뿐이야."

시동이 걸린 유화가 열변을 토했다. 사람들이 제조한 각종 무선 장비에서 발생하는 전자기파, 벌레에 강하도록 유전자가 조작된 식물들, 농약 같은 자극적인 유기화합물, 지구온난화에 따른 기후변화까지. 심지어 지구자전축이 조금씩 변화하고 있는데 이게 또 꿀벌의 귀소본능에 혼란을 준다고 했다.

"지구자전축까지는 어떻게 하기 힘든 문제인 거 같은데."

슈퍼맨이 와도 좀 곤란해할 거 같다.

"지금 인류가 먹고 있는 음식의 70퍼센트 이상이 꿀벌 덕분인 걸 모두가 알아야 해."

인류가 먹을 수 있는 전 세계 100대 작물 중 70퍼센트 이상이 꿀벌의 수분 덕이었다. 아몬드는 100퍼센트, 사과는 90퍼센트가 꿀벌 담당이다. 꿀벌의 꽃가루받이에 의해 열매를 맺는데, 꿀벌이 사라지는 현상을 두고 일부 사람들은 이런 말을 한다고 했다. 지구가 멸망하려는 징조.

"환경이 바뀌지 않는 한 벌들은 돌아오지 않을 거야. 인간들은 후회할 거고."

유화가 인류 전체에 경고 및 저주를 했다. 갑자기 경고를 받은 인류 중 한 명인 나는 배가 뭉치는 걸 느꼈다.

"애 낳으면 얼마 준다고 했다며?"

유화의 화제가 한국 정부로 옮겨졌다.

"사람들이 다 웃더라."

뭉치는 배를 쓸며 내가 헛웃음을 짓자 수화기 너머 지구 반대편에서 유화가 다시 한번 말했다.

"환경이 바뀌지 않는 한, 인간들은 후회할 거야."

28

이런 시기를 건너면서 39주까지 버틴 나는 결국 유도 분만을 선택한다. 때는 2022년 2월, 의사와 나, 해윤은 다음 주 월요일과 화요일 중 어느 날로 잡을지 머리를 맞대고 상의 중이었다. 월요일은 21일이었고 화요일은 22일이었던 것이다.

"2022년 2월 22일, 어떨까요? 주민등록번호 외우기도 쉽고 좋을 거 같은데요."

말해놓고 보니 정말 좋은 생각 같았다. 하지만 내 말에 심 박사는 회의적인 표정을 지으며 고개를 가로저었다.

"제 결혼기념일이 2월 22일인데, 별로예요."

자신의 결혼이 별로라는 건지 날짜가 별로라는 건지 알 수 없는 화법으로 심 박사가 반대했다.

"그날 낳는 사람이 많긴 할 거예요."

내가 유보적으로 말하자 역시 직설적인 나의 담당의는 한마디로 딱 잘라 말했다.

“패스워드로도 못 써요.”

아…… 그런가.

29

출산 가방을 꾸리고 20일 남짓 내가 부재할 집을 청소하고(해도 해도 티가 안 난다) 부산을 떠느라 잠을 거의 못 잔 채로 새벽을 맞았다. 얼굴을 보니 해윤도 그런 듯했다. 태리는 전날 시누이네 집에 맡긴 터였다. 병원에 6시까지 도착해서 7시부터 유도 분만 촉진제를 맞아야 했다. 겨울이었고 아직 동도 트지 않은 새벽이었다. 신발장 앞에 서서 해윤의 것과 나란히 놓여 있는 내 신발을 보니 떠오르는 장면이 하나 있었다.

“우리 처음 만났을 때, 기억나?”

신발을 보는 내 시선을 좇던 해윤이 운동화에 발을 꿰며 말했다.

“그럼. 서로 놀랐지.”

그랬다. 서로의 신발 사이즈를 듣고 우리는 놀랐다. 225를 신는 나와 300을 신는 해윤은 서로의 사이즈가 신발 가게에 있는지 궁금했다. 물론 좀처럼 없다. 그래서 매장에 가면 두 사람 다 못 사고 나오는 경우가 많았다.

"그래서 청첩장에도 썼잖아."

청첩장의 문구는 내가 작성했다. 뭐라고 썼던가.

225 사이즈의 신발을 신는 소녀와
300 사이즈를 신는 소년이 만났습니다.
두 사람은 성숙하되 원숙해지지는 말자고 약속했습니다.
소년 소녀가 한 가정을 이루어 어른이 되는 날
부디 오셔서 자리를 빛내주시기 바랍니다.

성숙하되 원숙해지지는 말자,라는 말은 최승자의 시를 떠올리며 쓴 말이었다. 원숙해진다는 건 썩을 일밖에 남지 않았다는 것.

어느 날부터인지 껌을 씹으면 딱딱 공기 터지는 소리가 났다. 어릴 적에는 아무리 흉내를 내봐도 그런 소리가 나지 않았다. 엄마는 아주 경쾌하고도 리드미컬하게 딱딱 소리를 잘 냈는데 그 모습이 굉장히 원숙한 어른 같다고 나는 느꼈다. 그래서 엄마한테 방법을 물었다. 엄마는 껌을 씹어서 혀로 반을 접은 상태에서 씹으면 공기 터지는 소리가 난다고 친절하게 설명해주었으나 나는 한 번도 성공한 적이 없었다. 그런데 사십대 중반에 이르자 저절로 소리가 나기 시작했다. 내 턱에 경륜이 쌓인 것인가. 해윤도 의지와 상관없이 소리가 난다고 했다.

"이가 닳아서 그래."

치아가 닳아서, 헐거워져서 소리가 나는 거라고. 세월에 마모가 될지언정 원숙해 보이지는 말자고 생각했다. 절대로 달관하지 말고, 도통하지 말자. 그래서 나는 혼자 있을 때만 껌을 씹는다.

문득 뒤를 돌아 거실을, 책장을, 주방을 둘러보았다. 예전에는 애 낳으러 갈 때 신발을 거꾸로 돌려놓았다고 한다. 그 이유는 말하지 않아도 알 것 같았다. 이 신발을 다시 신을 수 있게 해달라는 염원이었을 터. 아기와 무사히 돌아오게 해달라고 마음속으로 기도하며 나는 이 낯익은 풍경들을 천천히 눈에 담아두었다.

30

"이게 도움이 될지 모르겠는데, 잠시만."

차를 타고 가며 출산 전 마지막 통화로 유화에게 전화를 걸었다. 뭔가를 부스럭거리더니 유화가 대뜸 입을 열었다.

"한국에서는 1920년대까지만 해도 첫돌 전에 목숨을 잃는 아기가 대략 열 명 중 세 명꼴이었다. 1950년 이후로는 1000명당 138명이었으나 현재는 1000명당 세 명으로 급속히 감소했다. 100년도 안 되는 기간 동안 영아 생존율이 100배 상승한 셈이다."

메모를 읽는 중인 거 같았다.

"뭐 하는 거야?"

"조가 전해달래."

"그 메모를?"

"조 방식의 뭐랄까, 인사야. 아기 잘 낳고 오라는."

아……. 나는 잠시 할 말을 잃었다. 조는 어떤 사람인 걸까, 문득 유화의 허니비가 궁금해졌다. 전화를 끊고 차창 밖으로 아직 어둠이 드리워진 거리를 내려다보았다. 조가 아는지 모르는지 모르겠으나 그가 언급하지 않은 사실이 하나 있다. 저출산에 이어 노산으로 인해 유산과 기형아 발생률은 더 높아졌다는 것.

우리는 과연 앞으로 나아가고 있는 것일까. 운전 중인 해윤의 옆얼굴을 쳐다보자 그의 손이 내 손을 따듯하게 감쌌다.

31

자연분만의 입원은 2박 3일이다. 그동안만이라도 조용하고 쾌적하게 있고 싶었으나 병실이 없었다. 5시 50분에 도착해서 병실 예약부터 했더니 남은 건 6인실뿐이었다. 시내 중심의 유명한 대형 병원이라 그런 모양이었다. 출산율이 떨어지면서 중소형 산부인과의 폐업률은 높아졌다. 대학병원급의 큰 병원들은 교통도 불편하고 멀었지만 선택의 여지가 없었다. 태리를 출산했던 병원은 여성 전문 병원으로 유명한 대형 병원이었는데도 몇 년 전 문을 닫았다.

7시 정각, 간호사가 들어와 유도 분만을 위한 수축제를 투여했다. 이제 시작이었다. 아직까지 여유가 있던 해윤과 나는 아이 이름에 대해 의논을 했다. 생각해놓은 몇 개의 이름 중에서 10시를 전후로 운명이 갈렸다.

"이거 믿을 만한 거야?"

내가 의구심 가득한 눈빛으로 말하자 해윤이 맞받아쳤다.

"돈 주고 한 거라고."

사주로 아기 이름 지어주는 유료 어플에서 받은 거라고 했다. 10시면 세 시간도 안 남았는데 아무리 경산이래도 그렇게 빠를까 싶었다. 나는 출산 굴욕 3종 세트라고 알려진 내진, 관장, 제모를 떠올렸다.(요즘엔 회음부 절개도 들어간다.) 경산에다 노산인데도 부르르 치가 떨렸다. 인간 탄생의 순간은 어쩌면 이토록 날것 그 자체인가. 살이 찢어지고 뜨거운 피가 흐르고 체액으로 끈적이고 부산하고 시끄럽고 차갑고 외롭다. 태리 출산 때 내가 느꼈던 감정이다.

죽도록 아프다가 무감각해졌고 얼얼한 상태에서(무통 주사 때문에) 아기가 나왔다며 얼굴을 잠깐 보여주고 다시 데려갔다. 환희와 감동 같은 감정은 없었다. 그냥 얼떨떨하고 기운이 빠졌으며 약간 공허했다. 바람 빠진 풍선 같은 내 배처럼.

모두 철수하고 차가운 수술 침대에 혼자 누워 있던 시간이 떠올랐다. 껍데기처럼 홀로 남겨져서 졸음을 참아가며 아랫배를 누르고 있었다. 간호사가 오로가 나오도록 계속 눌러야 한다고 했다. 누군가 대신 눌러줬으면, 손을 잡아줬으면, 잘했다고 격려해줬으면, 위로해줬으면. 모두 어디 간 걸까. 꽤 오랜 시간 혼자 방치되어 있던 나는 남편과 친정엄마에게 모두 어디 있었던 거냐고 물었다. 그러자 간호사가 산모의 휴식을 위해 모두 나가라고 해서 병실 밖에서 기다리고 있었다고 했다. 차가운 수술 방에 혼자 누워서 휴식을 취하라는 것인가.

이런 과정이 싫은 임신부들은 따듯한 분위기의 자연주의 출산을 선택하기도 한다. 부드러운 간접조명 아래 자신이 좋아하는 음악이 은은하게 흐르고 마음을 안정시켜주는 아로마 오일 향이 나는. 거대한 욕조에 물을 받아놓고 남편과 함께 들어가기도 한다. 경이로운 순간을 함께하겠다는 시도로 보인다. 그러나 어떤 방식이 되었든 내 생각은 '진통은 짧고 굵게, 출산은 안전하고 재빠르게' 진행되어야 한다는 것이다. 두 번의 출산을 치렀지만 아이를 낳는다는 것은 낭만적인 일이 아니다.

32

드디어 신호가 오고 있었다. 태리를 낳았을 때는 소위 말하는 '무통빨'이 잘 들었다. 의사와 간호사들이 나온다, 나온다 했을 때는 나를 격려하는 의미인 줄 알았다. 그런데 정말 아기가 뽕! 하고 나온 것이다. 애가 나오는 줄도 모를 정도로 아무 느낌이 없었다. 심지어 의사가 절개한 회음부를 꿰맬 때는 졸았을 정도였다. 그 정도로 무통 주사 덕을 톡톡히 본 나는(물론 후유증으로 한동안 고생했다) 믿는 구석이 있었다.

하지만 경막외마취인 무통 주사는 경부가 4~5센티미터 이상으로 열렸을 때 맞을 수 있다. 간호사는 수시로 내 질을 손가락으로 쑤셔대며 골반 내진을 했고 그때마다 나는 몸이 뒤틀렸다. 침대 가드를 너무 힘주어서 잡은 탓에 손목이 얼얼했다. 해윤이 손을 잡아주었으나 내 손톱이 그의 손바닥을 파고들까봐 가드를 다시 잡았다. 똑바로 누우면 숨이 막혔고 모로 누우면 허리가 아팠다.

"무통! 무통 갖고 오라고!"

나는 주정뱅이처럼 혼미한 정신으로 무통 주사를 애타게,

하지만 집요하게 찾았다. 해윤은 자리에 앉았다 일어났다를 반복하며 중간에서 어쩔 줄 몰라 했다. 간호사가 총총 걸어와 다시 한번 폭풍 같은 내진을 하더니 무통 주사를 가져왔다. 결국 내 경막은 무통을 흡수할 수 있었다. 그런데 이게 웬일? 5년 만에 체질이 변한 것인가. 무통빨이 안 먹혔다!

"무통 놓은 거 맞아? 더 달라고 더!"

나는 마약중독자처럼 풀린 눈동자로 절박하게, 하지만 폭력적으로 더! 더!를 외쳐댔다. 진통 간격이 빨라지고 있었다. 고통은 인정사정 봐주지 않고 온몸을 덮쳐왔다. 적어도 숨은 쉴 수 있게 해줘야 할 거 아니야. 숨 쉴 겨를도 주지 않는 무지막지한 고통이었다. 이래서 산소마스크를 미리 씌워놓은 거군. 해윤이 보다 못해 간호사를 부르러 갔다. 간호사가 다시 총총 걸어와 다시 손을 쑥 넣더니 말했다.

"아기가 곧 나오겠는데요? 선생님 모셔올게요."

경산은 진행이 빠르다더니 이 정도로 빠를 줄은 몰랐다. 대기하고 있던 담당의도 스피디하게 입장했다. 8개월 가까이 보던 낯익은 얼굴이 나타나자 마음이 놓였다. 마지막 진료에서 심 박사는 나에게 이렇게 말했다.

"나는 김하율 님 차트를 보면서 이 엄마가 아기를 잘 낳을 수 있을까? 이런 생각 해본 적이 없어요. 잘할 수 있습니다."

33

"어이쿠, 이 녀석아."

심 박사가 내 배 속에서 아기를 빼내면서 하는 말이 들렸다. 끙끙거리며 빼내고 있었다. 그러니까 '아이를 받는다'라는 관용어는 '아이를 빼낸다'라고 바꿔야 한다고, 그 와중에도 나는 머릿속으로 이런 생각을 하고 있었다.

그러다가 왈칵, 쏟아지듯이 쑴풍 애가 나왔다. 이번에는 무통이 전혀 들지 않는 바람에 그 느낌이 고스란히 전해졌다. 누군가는 커다란 수박이 나오는 느낌이었다고 하고 또 누군가는 몇 년 묵은 변비가 빠져나오는 후련한 기분이었다고 하는 그 느낌을 이번엔 나도 느낄 수 있었다. 내장이 흘러서 빠지는 느낌이었다. 꿀벌이 침을 쏘고 나면 하얀 내장이 같이 빠져서 결국에는 죽고 만다던데 꿀벌도 이런 느낌이었을까. 아이가 나오고 나니 금방이라도 죽을 것 같던 그 고통이 감쪽같이 사라졌다.

"응애, 응애."

아기는 첫 숨을 뱉더니 숨이 넘어갈 듯 울었다.

"10시 전에 태어났어!"

해윤의 목소리가 들려왔다. 배태랑이 태어나는 순간이었다.

34

9시 58분에 극적으로 태어난 박사, 아니 태랑은 3.1킬로그램에 52센티미터의 신장을 가진 건강한 신생아였다. 태리가 그랬던 것처럼 태랑도 머리가 작았다. 머리는 작고 키는 평균을 웃돌아서 (이미 고슴도치 어미가 된) 나는 신생아실 창에 붙어 아기를 보며 해윤에게 말했다.

"내가 모델을 낳은 거 같아."

"이런 걸 두고 유전자의 힘이라고 하는 거지."

자신의 큰 키에 자부심을 갖고 있는 해윤이 말했다. 하지만 나는 못 들은 척 '김하율 님의 아기'라고 적혀 있는, 속싸개에 고치처럼 싸여 있는 작은 '나의 아기'에게서 눈을 떼지 않았다.

"저기 봐, 김하율의 아기라고 쓰여 있어."

'아무개의 아기'라고 자타 공인 공공연히 부를 수 있는 시기는 단 한 달, 출생신고를 하기 전까지다. 한 달 후에는 이름이 생기고 행정적으로도 하나의 인격체로서 존중받는다. 그러니까 내 새끼가 내 새끼인 것은 생애를 통틀어 단 한 달인데, 우리는 그걸 종종 잊고 산다.

"아빠 이름도 같이 써주지."

해윤도 아기에게 눈을 못 뗀 채 중얼거렸다.

"물리적으로 내가 낳았거든. 당신이 출산의 고통을 아니?"

손등에 링거주사 바늘을 달고 헐렁한 산모 원피스에 생리팬티를 입은 채 엉거주춤한 자세로 서서 내가 말했다. 해윤은 내 어깨를 감싸며 말했다.

"알지, 자기 고생한 거 알지."

말은 그렇게 했지만 모르는 거 같았다. '출산의 고통'이라는 문구를 어떻게 최대한 가깝게 설명할 수 있을까. 경산이라 신속하게 세 시간 만에 끊었으나 '무통빨' 없이 정말 알차게 진통을 겪었다.

"세 시간 동안 지옥의 가장 하부에 살고 있는 끔찍한 존재와 하이파이브를 하고 올라온 느낌이야."

내 말에 해윤이 눈을 크게 떴다.

"참신한 표현인데? 그거 혹시 작품에 쓸 거야?"

"당연하지."

부모의 만담 뒤로 아기는 한 줌 숨결을 들이쉬고 내쉬며 그림처럼 자고 있었다.

35

드디어 천국에 입성했다. 삼시 세끼 정갈한 밥상이 호텔 룸서비스처럼 방으로 배달됐다. 오전 오후에 나오는 두 번의 간식까지 생각하면 도저히 살이 빠져서 나갈 수 없는 구조였다. 아이를 낳고 제일 처음 맞닥뜨리는 믿을 수 없는 사실 중 하나는 바로 몸무게다. 아기의 몸무게와 양수 무게, 딱 고만큼을 제외하고 살이 그대로 있다. 그것뿐인가. 나는 분명히 애를 낳았는데 불룩한 배가 그대로 있다. 그게 바로 냉정한 현실이다.

때는 전염병이 창궐한 엄혹한 시절, 화요일과 목요일에 진행하는 요가 프로그램을 제외하고는 다른 산모를 만날

기회가 없었다. 이곳에서도 사회적 거리두기는 시행되는지 2인 이상 모임 금지였다. 모두 마스크를 쓰고 있었고 산모와 아기만 입실이 허용되었다. 면회도 금지였다. 필요한 물건이 있으면 조리원 입구에서 직원이 가족에게 받아다가 전해주었다.

그러니까 나는 직원들 외에 내 아기와만 대화를 해야 했다. 하지만 아기는 주로 자고 있었고(젖을 먹을 때조차도) 나는 해윤과 통화를 하거나 메신저를 하거나 그도 아닐 때는 내 자아와 이야기했다. 마음이 편치 않았다. 마감이 나를 기다리고 있었던 것이다. 출산을 하고 나서도 뭔가를 낳아야 하다니, 뭐 이런 가혹한 팔자가 다 있나. 누가 시켜서 하는 것도 아닌데 나는 혼자 푸념을 하며 노트북 전원을 켰다.

조리원이라 하면 푹 쉴 것 같지만 나름 하루 일과가 바쁘다. 하루 세끼에 간식 두 번 먹는 것도 일이고 이틀이 멀다 하고 마사지실에서 부른다. 부기 빠지는 마사지를 받고 나서 방에 돌아와 한숨 돌리고 있으면 또 가슴 마사지실에서 부른다. '젖이 팡팡 나오는' 마사지를 받아야 한다. 일주일에 두 번, 화요일 목요일에 요가 프로그램이 있고, 또 월요일 금요일에는 오전에 소아과 의사 선생님이 회진을 돌았다. 그러는 가운데 신생아실에서는 수시로 콜을 해서 아기가 깼다며 수유를 할 거냐고 물었다. 이렇게 하루 일정이 끝날 즈음인 저녁 6시가 되면 신생아실 청소로 인해 아기를 방으로 데리고 와 30분에서 한 시간 정도 모자 동실 시간을 갖는다.

어떤 산모는(주로 경산) 자신의 컨디션 회복에 중점을 두느라 30분 만에 아이를 데려다주고 밤에는 수유 콜을 하지 말라고 당부한다. 그리고 또 어떤 산모는(주로 초산) 애를 하루 종일 자신의 방에서 케어한다.

나는 부산한 낮에 쪽잠을 자고 밤에 작업을 하기로 했다. 그렇게 사흘 밤을 샜다. 그러자 몸에 신호가 왔다. 출산 후 면역력이 떨어진 상태에서 무리한 것이다. 잠복하고 있던 염증들이 구호를 외치며 모두 들고일어났다.

우리에게 휴식을 달라! 우리는 기계가 아니다!

앞니 위의 잇몸에서 볼록한 혹이 만져졌다. 무언가 씹을 때마다 통증이 있었다. 그리고 엉덩이에 커다란 종기가 났다. 앉아 있기가 불편했다. 외출증을 끊고 피부과에 갔더니 칼로 째서 고름을 빼내야 한다고 했다. 그러면 며칠간 앉아 있을 수가 없다고.

"책상에 못 앉는다고요? 저 마감해야 하는데요."

깜짝 놀란 내가 말하자 의사도 지지 않고 물었다.

"조리원에 계시다면서요."

"그런데 마감이 오늘까지예요."

내 말에 의사가 눈을 크게 뜨며 물었다.

"조리원에서 일을 하겠다고요?"

"마감은 지켜야 해서…… 마감하고 다시 올게요!"

도망치듯 병원에서 나왔다. 작가에게 마감은 금과옥조처럼 지켜야 할 사명이라고 설명할 시간도 없었다. 그러고 그날 밤 11시 58분에 완성 원고를 올렸다. 마감을 하고 누우니 꿀 같은 잠이 조리원 천장에서 별처럼 쏟아져내렸다. 오랜만에 단잠을 잤다. 다음날, 거짓말처럼 염증들이 감쪽같이 사라져버렸다.

36

태리를 낳았을 때 젖몸살을 심하게 앓았다. 분만보다도 아팠던 것 같다. 양 가슴에 뜨겁게 달궈진 아주 무거운 돌덩이를 하나씩 올려놓은 기분이었다. 밤새 뜬눈으로 끙끙댄

후 모유 실장님(그 산후조리원에서는 그렇게 불렀다)이 내 방을 찾았을 때 나는 구세주를 영접하듯 그분을 맞이했다. 누가 건들기만 해도 자지러질 듯 아팠는데(그래서 남편은 절대 해줄 수가 없다. 사이가 급속도로 안 좋아진다) 모유 실장님이라 불리는 사십대 후반의 중년 여성이 꾹꾹 누르고 주물러대기 시작했다. 정말 한 대 때리고 싶을 정도로 아팠다. 눈물이 핑 돌 정도였는데 고통보다 더한 것은 치욕감이었다.

젖꼭지를 엄지와 검지 사이에 끼고 펌프처럼 푸쉬푸쉬 위 아래 위 아래 위위 아래아래 하다 보니 모유가 퐁퐁퐁 나오기 시작했다. 이게 말로만 듣던 초유군. 나는 똑바로 누운 채 나의 초유가 솟아오르는 것을 무기력하게 바라보았다. 급기야 노르스름한 초유는 천장에 닿을 듯이 높이높이 솟구쳤다. 초유는 한정적이라던데 이 아까운 것을 이렇게 마구 버려도 되는 걸까. 이런 내 생각을 읽기라도 한 것처럼 모유 실장님이 말했다.

"이렇게 빼내서 유선을 뚫어줘야 젖이 콸콸 나오거든요."

하지만 그 후에도 수도꼭지처럼 틀기만 하면 콸콸 나오지는 않았다. 그것보다도 가만히 누워서 누군가 내 몸을 자극하고 내 의지와는 상관없이 체액이 흘러내리고 있다는 게 굉장히 수치스럽고 굴욕적이었다. 의사가 회음부를 꿰맬 때도 그렇지는 않았다.

첫째 때 그런 트라우마가 있는 상황에서 나는 가슴 마사지를 받으러 오라는 콜을 받자 물리적인 가슴과 더불어 마음이 무거워졌다. 이걸 두 번 하게 될 줄이야. 나는 가슴 마사지실이라는 명패 앞에서 심호흡을 한 후 문을 열었다. 그러자 눈앞에 어디서 본 듯한 낯이 익은 할머니가 앉아 있었다. 누구더라.

"박사 엄마? 옷 벗고 여기 누워봐."

대뜸 반말부터 하고 보는 저 포스는…… 산후조리원 원장이었다. 입소 첫날 사무실에서 만난 기억이 났다. 작은 체구에 얼굴은 쥐상이고 목소리는 쇳소리가 나는 것이, 역대 대통령 중 한 명을 떠올리게 하는 비호감적인 인상이었다. 원장이 가슴 마사지를 겸업하고 있는 것이었다.

"치밀 유방이군."

내 가슴을 한 번 꾹 눌러보더니 바로 진단이 나왔다.

"이런 가슴은 젖이 별로 없어."

'알고 있습니다, 경산이거든요'라는 말을 삼키고 나는 제단에 누운 어린양처럼 상체를 내놓은 채 바들바들 떨며 긴장하고 있었다. 경산이므로 그 고통이 또한 어떤지 알고 있기 때문이었다. 원장은 보기와 다르게 아귀힘이 좋았다. 역시 전문가였다.

다행히 이번에는 선제적으로 마사지를 해서인지 젖몸살이 없었다. 그리고 통증도 심하지 않았다. 이번 모유 담당자는 초유를 알뜰하게 모아주었다. 꼭지에 튜브를 끼우고 그곳에 맺힌 젖을 주사기로 빨아들였다. 아기에게 가져다 먹일 거라고 했다.

"초유는 일생에 딱 한 번밖에 못 먹는 귀한 음식이지."

저렇게 먹여도 되나. 위생이 좀 걱정되긴 했지만 고마운 마음이 들었다. 과거에 오아시스였다고 알려진, 지금은 메마른 땅을 파고 파서 조금씩 고이는 물을 받듯이 할머니 원장은 태랑이 먹을 초유를 모으며 입을 열었다. 주로 자신의 기업 정신(산모들을 위해 얼마나 애쓰고 있는지)과 이윤 창출(그렇지만 인건비와 식재료 등의 원자재 가격 인상으로 인해 남는 건 없고)의 어려움에 관한 푸념들이었다. 이곳의 모든 산모가 들었을 법한 자신의 인생사도 한 자락 펼쳤다. 모유 마사지사로 시작해서 산후조리원을 인수하고 한때 호황을 맞이했지만 동업자의 배신으로 나락을 맛봤고, 그럼에도 불굴의 정신으로 다시 벌떡 일어나 오늘날까지 현업에 종사하고 있다는 이야기였다. 그렇군요, 그러시겠네요. 기계적으로 호응하다가 잠시 정적이 찾아왔다. 내 차례인가.

"원장님, 연세가 어떻게 되세요?"

"나? 나이 많지. 얼마로 보이는데?"

역시 노련하게 질문에 질문으로 맞받아쳤다. 칠십대로 보였지만 대한민국의 사교적 화법이 어디 그런가. 나는 열 살은 접고 들어가줘야 한다는 걸 아는 나이였다.

"육십대 중반? 환갑은 지나신 거죠?"

갑자기 가슴을 주무르던 손길이 뚝 멈췄다. 뭐지, 감고 있던 눈을 한쪽만 살짝 떴다. 원장이 나를 무섭게 내려다보고 있었다. 그러다 손가락으로 자신의 목을 가리켰다.

"내 목 좀 봐라, 주름 한 개도 없지? 나 칠십 하고도 다섯 살이다."

주름이 한 개도 없지는 않았으나 칠십대 중반치고 관리가 잘된 목이었다. 나는 짐짓 놀란 표정을 지으며 입을 열었다.

"어머나! 칠십대세요? 그것도 중반? 원장님, 젊음의 비결이 뭔가요?"

그러자 원장은 그럴 줄 알았다는 표정으로 다시 마사지를 시작하며 목소리를 낮췄다. 마치 삶의 비기를 알려주는 인도의 구루 같은 표정이었다.

"내가 안 늙는 이유가 있다."

"그게 뭐예요?"

나는 정말 궁금하다는 듯이 그녀를 추궁했고 원장은 너에게만 알려준다는 듯 은밀하게 말했다.

"젊은 엄마들 매일 만나지, 신생아들 매일 안고 있지, 기를 받아서 그런다."

순간 벗은 상체에서 소름들이 앞다투어 일어나는 게 느껴졌다. 그리고 깨달았다. 산후조리원만큼 생명의 기가 왕성한 곳이 어디 있을까. 갓 태어난 뜨거운 생명들, 막 잉태를 끝내고 생명을 키울 준비가 되어 있는 팽팽한 모체, 거기서 샘솟는 젖, 그것들을 매일 만지고 있는 노구. 이런 이미지들이 머릿속에서 오버랩되고 있었다. 내 방으로 돌아오자마자 노트북을 켰다. 떠오르는 이야기를 풀어놓기 시작했다.

한 퇴마사가 결혼을 해서 아이를 낳고 산후조리원에 입소했다. 들어와서 보니 이상한 기운이 감지된다. 자신이 예민한 거라 생각하고 머리를 가로저었다. 여기는 산후조리원 아닌

가. 악귀 같은 게 있을 리 없잖아……라고 생각한 것은 오산이었다.

사람한테 붙어서 생명의 기를 먹고 사는 악귀들이 모두 이곳에 몰려 있었다. 하…… 내가 애 낳고 여기까지 와서 일을 해야 하나. 퇴마사는 현타가 와서 눈을 질끈 감는다. 하지만 내 아기가 볼모로 잡혀 있다. 나는 퇴마사이기 전에 엄마다. 아직 오로가 그치지 않아 생리 팬티를 결연히 입고 조리원 가방에서 주섬주섬 부적을 꺼낸다. 이걸 내가 왜 챙긴 거지, 직업병인가.

퇴마사는 가장 약한 존재인 식사를 배달해주는 식당 직원을 시작으로 신생아실을 뚫고 가장 큰 악귀인 원장을 때려잡는다. 힘이 부쳐서 헉헉거리며, 아이고 허리야,를 연신 말하며. 부적을 붙이기 전 퇴마사가 원장 악귀에게 묻는다.

"너무한 거 아닌가. 아이고 허리야, 산후조리원이라니. 왜 이런 곳에 있는 거야, 상도 없이."

그러자 심연으로 끌려가기 전 악귀가 말한다.

"너무한 건 인간들 아닌가. 우리도 이렇게까지는 하고 싶지 않지만 갓 태어난 인간을 찾아볼 수가 있어야지. 출산율이 떨어져도 너무 떨어지잖아. 자신의 종에 대해 상도 없다는 생각은 안 해, 인간?"

37

태리 때는 뭣 모르고 개별 시스템 방을 쓰는 바람에(식사를 방으로 직원이 배달해준다) 조리원 동기를 만들지 못했다. 그래도 남편이 함께 입실해 있어서 크게 외롭진 않았다. 하지만 전염병으로 인한 비대면 시국에는 아기와 엄마 외에는 아무도 들어올 수 없었다. 산모와 직원들 모두 여자였다. 그런 상황에서 한 남자가 보였다. 마스크를 쓰고 있어도 그가 외국인이라는 것을 알 수 있었는데 발음 때문이었다.

"썬쌩님, 기저귀 하나, 주쎄요."

한국말을 곧잘 하는 백인이었다. 신생아실에서 기저귀 타가는 것을 몇 번 목격했다. 저 남자의 정체는 뭘까. 아는 사람이 없으니 물어볼 사람도 없었다. 이번에는 조리원 동기를 꼭 만들어 나가리라 생각했지만 식사도 각자 방에서 하고 두 명이 모여서 오순도순 대화라도 할라치면 직원들이 부리나케 달려와 떼어놓으니 친구를 만들 방법이 없었다. 그렇게 외로운 나날을 보내던 김하율은 용케도 조리원 친구 하나를 사귀게 되었으니 그녀의 이름은 박덕지 씨였다.

기저귀를 가져가려고 수유실에 들렀더니 한 엄마가 아기

를 안고 수유 중이었다. 마침 대화가 고팠던 나는 태랑을 안고 그녀 맞은편에 앉았다.

"아기가 젖을 잘 빠나요? 저는 아직 젖이 안 돌아서 애가 빨다가 지쳐서 자요."

나는 산모들의 가장 큰 화두인 '모유의 질과 양'이라는 화제를 던졌다. 스몰 토크로 무난한 소재였다.

"저는 너무 많이 나와서 애가 자꾸 사레가 들려요."

덕지 씨는 아기를 내려다보며 난처한 듯 웃었다. 첫아기군, 첫아기야. 느낌적 느낌으로 나는 확신했다.

"아기 태명이 뭐예요?"

"태명이 아니라 그냥 이름 불러요. 안톤."

"안톤이요? 안톤 체호프 할 때 안톤?"

나는 깜짝 놀라서 속싸개에 싸여 있는 아기를 보았다. 모자까지 쓰고 있어서 아기의 얼굴은 자세히 보지 못했지만 얼핏 보기에도 짙은 쌍꺼풀의 이국적인 외모가 혼혈이었다. 아빠가 러시아 사람이라고. 아…… 내 머릿속에서 이 집의 가계도가 그려졌다. 그럼 그 백인 남성이 안톤의 아빠이자 덕지 씨의 남편이로구나.

나는 체호프를 몹시도 좋아해서 닉네임도 마샤인 사람이

다. 이름이 안톤이라는 이유만으로 꼬맹이 안톤에게, 덕지 씨에게, 게다가 그 슬라브족 남성에게까지 급속도로 호감이 생겼다. 반가운 마음에 내가 막 한마디 하려는 찰나 문이 벌컥 열렸다. 신생아실 직원이었다. 눈을 매섭게 뜨고는 우리에게 주의를 주었다.

"수유실에서 대화 금지예요, 산모님들. 각자 방으로 돌아가세요."

바이러스가 한번 뚫려서 퍼지게 되면 조리원은 망한다. 모든 산모를 퇴실시켜야 하기 때문이다. 그런 사정을 알고 있기에 이해는 하지만 때로 숨이 막혔다. 우리는 급하게 일어서며 각자의 방 번호를 은밀히 교환했다.

똑똑똑.

노크 소리가 들리기에 나가보니 덕지 씨가 서 있었다. 초조한 표정으로 주위를 두리번거리고 있었다. 나는 얼른 문을 열어 그녀를 들였다. 그러고 누가 본 사람이 없는지 목을 빼서 양옆을 본 후 조용히 문을 닫았다. 일제강점기의 이중스파이가 된 느낌이었다. 이 스릴은 뭐지. 오랜만에 심장이 빨리 뛰었다.

"안톤은요?"

시간은 6시, 모자 동실 시간이었다. 태랑은 아기 침대에서 자고 있었다.

"안드레이가 보고 있어요."

덕지 씨의 남편 이름은 안드레이였다. 나는 남편 입실이 금지된 상황에서 어떻게 그가 조리원에 상주하고 있는지 궁금했다.

"제가 이 조리원을 선택한 건 남편도 입실이 가능했기 때문이거든요. 그래서 임신 초기에 계약했던 건데, 중간에 조리원 원장이 바뀌었어요. 그러면서 지침도 달라졌다면서 입실 불가라는 거예요. 그래서 손해배상 청구하겠다고 하니까 머물게 해줬어요."

자신의 기업 정신과 이윤 창출에 대해 열변을 토하던 원장이 머릿속에서 떠올랐다. 나도 먹고는 살아야지. 안 그래, 인간? 원장이 나를 보며 말하고 있었다.

"남편분이 한국말을 잘하시던데요?"

"필요한 것만 잘해요."

덕지 씨가 배시시 웃으며 말했다. 부기인지 원래 살인지 통통한 체형이었다. 하긴 나를 비롯해 여기 있는 산모들 모두 통통했다. 부기와 살 사이의 존재들이었다. 존재하지만 아직 태어나기 전의 태아처럼 아직 세상으로 나가기 전의 중간 세계에 낀 존재였다. 그렇다면 산모들을 품고 있는 조리원은 자궁 같은 곳인가.

나는 안드레이의 싹싹한 성격이 그가 조리원에 머무는 데 한몫하고 있다고 생각했다. 이미 그는 신생아실 선생님들로부터 안 서방이라는 애칭으로 불렸다. 때마침 전쟁도 있었다. 러시아와 우크라이나의 전쟁 초입이었다. 덕지 씨는 전염병의 시대가 막 시작되기 직전에 한국에 들어왔다고 했다.

"두 분은 어떻게 만났어요?"

두 사람의 러브 스토리가 궁금했다. 나는 사람을 피하면서도 사람에 대한 호기심이 왕성하다. 그러니까 좀 피곤한 스타일이다.

"러시아에서 학교를 나왔어요. CC였죠."

덕지 씨는 초등학교를 졸업한 후 세 자매가 러시아로 유학을 갔다고 했다. 러시아, 세 자매, 안톤이라니. 뭐 이런 문학적인 가계가 다 있나. 나는 흔히들 가는 영미권이 아닌 러시아를 선택한 이유가 궁금했다.

"러시아에 친척이 있었어요? 아니면 아버님께서 주재원

으로?"

"아니요. 아무도 없었어요. 아빠가 같이 있긴 했지만 우리를 돌봐주시느라 간 거고요."

덕지 씨 어머니의 결단이라고 했다.

"엄마가 우리를 러시아로 보낼 때 공항에서 그러셨어요. 미국은 레드 오션이다. 블루 오션으로 가라, 러시아가 언젠가 터질 것이다."

잠시 사이를 두고 덕지 씨가 말을 이었다.

"전쟁이 터졌죠."

덕지 씨는 자조적으로 하지만 해맑게 웃으며 말했다. 덕지 씨는 세 자매 중 둘째라고 했다. 체호프의 올가, 마샤, 이리나 그리고 안드레이가 떠올랐다.

"언니랑 동생 이름은 뭐예요?"

"저희 아빠가 참 재밌는 분이거든요."

덕지 씨는 더운지 펑퍼짐한 조리원 원피스 앞자락을 펄럭이며 말을 이었다.

"저랑 언니가 쌍둥이예요. 그래서 감지, 덕지고요."

덕지 씨의 아버지는 하필 삼대독자에 장손이었다. 그런데 딸 쌍둥이에 이어 몇 년 후 또 딸을 낳자 제아무리 장군감이라는 말을 듣던 덕지 씨의 어머니여도 시부모 볼 낯이 없었다고 한다. 하지만 아버지는 그렇지 않았다.

"자식은 모두 소중한 거라고 아빠가 그랬대요."

"그래서 동생분 성함은……."

궁금함을 참지 못하고 물었다. 감지, 덕지 다음이 뭔지 이미 난 궁금해서 발을 동동 구르던 참이었다. 게다가 언제 문을 벌컥 열고 감시의 눈이 들어올지 몰랐다. 동생은 무슨 지인가요?

"박하지."

"아……."

감지, 덕지, 하지. 펑퍼짐한 원피스를 입은 부기가 안 빠진 산모 둘이 마주 보고 미소를 지었다. 훗날 배태리, 배태랑도 이런 말을 듣게 될까.

"부모님이 참, 위트 있으시네요."

덕지 씨의 어머니는 1963년생인데 그해에 특이한 사건이 있었다고 했다. 어떤 나라의 여성이 여성 최초로 우주선을 타고 지구 밖에서 지구를 바라보았던 것이다. 에메랄드빛 수정 구슬 같은 지구는 멀리서 볼 때 더 아름다웠다고 한다. 훗날 책에서 이 사실을 알게 된 어머니는 그 여성이 태어난

나라에 꼭 가겠다 마음먹었다. 하지만 현실은 여의치 않았다. 결혼을 하고 정신없이 살다가 딸자식을 셋이나 보게 되었을 때, 그제야 어머니는 어릴 적 보았던 그 흑백사진이 떠올랐다. 우주 헬멧을 쓰고 살짝 미소를 머금고 있던 여성의 얼굴이. 덕지 씨가 돌아가고 나는 최초의 여성 우주 비행사를 검색해보았다.

발렌티나 테레시코바.

검색을 하자 프롤레타리아계급이었고 사회주의 체제 선전용이었으며 미국에게 보이기 위한 러시아의 계략 따위, 사실 여부를 알 수 없는 정보들도 같이 딸려나왔다. 하지만 이 표정만큼은 진짜 아니었을까. 살짝 올라간 입꼬리에 걸린 설렘과 자부심.

38

"그래서, 이름이 태랑이라고? 베테랑?"

유화가 물었다.

"응, 태 자 돌림으로."

"배태리, 배태랑이라. 너, 혹시 두 명 낳을 줄 알았던 거야? 계획이 다 있었구먼."

그런 건 아니었는데, 어쩌다 그렇게 되었다.

"한 명 더 낳으면 뭐라고 지을래? 궁금하다."

유화는 신이 나서 물었다.

"난 안 궁금해."

"왜?"

"그 전에 내가 죽을 거거든. 노산에서 노오산까지 왔는데, 노오오산은 노노노노."

"오, 라임 좋은데. 노오오산은 노노노노."

멜로디를 붙여 흥얼거리는 유화의 허밍을 들으며 나도 이제 다둥이 엄마인가,라는 생각을 했다. 두 명이어도 다둥이라니.

"참, 내가 얘기했던가? 우리 허니비들이 스윙을 알아."

유화가 호들갑을 떨며 말했다. 벌집 옆에 스피커를 두고 재즈를 들려준다는 것이다. 그러면 스윙에 맞춰 춤을 춘다나.

"그거 시끄럽다는 뜻 아닐까. 벌은 소음에 민감하다며."

"야! 재즈가 어떻게 소음이냐. 예술이지. 우리 허니비들은 예술 감각이 풍부하다니까."

유화가 발끈했다. 그런데 저 말은 어디서 많이 듣던 말인데. 우리 애는 예술 감각이 풍부해서. 어디서 들었더라……
생각났다!

유화 어머니의 입버릇이었다. 툭하면 유화를 두고 "우리 애는 예술 감각이 풍부해서"라는 말을 자주 하셨다. 밥을 잘 먹어도 우리 애는 예술 감각이 풍부해서. 잠을 잘 자도 우리 애는 예술 감각이 풍부해서. 심지어 말을 안 들어도 우리 애는 예술 감각이 풍부해서,라고 한다며 유화는 눈썹을 찡그리고 미간을 모으며 말했다.

그 표정에는 여러 가지 의미가 함축되어 있었는데 집요함에 대한 진저리, 기대에 대한 버거움, 맹목적인 사랑에 대한 숨 막힘, 스스로에 대한 불신 등이었다. 그렇게 대학을 졸업하자마자 유화는 미국으로 유학길에 올랐다. 음악을 다시 시작하고 싶다는 게 이유였지만 그런 엄마에게서 벗어나고자 함이 더 크다는 걸 나는 알고 있었다. 그러고 학교를 졸업할 무렵 조를 만났고 동성 커플이 되었다.

"어머니한테 요즘 연락 오니?"

나는 조심스럽게 물었다.

"아니. 요즘은 안 오더라."

갑자기 가라앉은 목소리로 유화가 말했다. 해맑은 유화에게 엄마는 아킬레스건이다. 유화가 자신의 성 정체성을 고백하고 동성 연인과 결혼까지 했다고 하자 유화의 어머니는 믿지 못했다. 한달음에 미국으로 쫓아가서 당신 눈으로 확인하기 전까지는. 유화는 조를 소개했는데 어머니는 조의 인사도 받지 않았다. 그러고는 유화의 손을 잡아끌며 집에 가자고 했다. 엄마에게 손이 잡힌 유화는 엄마의 악력이 마치 자신의 목을 조르는 것처럼 느껴졌다고 했다. 답답하고 숨이 막혀왔다고. 엄마의 손을 뿌리친 유화는 조의 뒤로 숨었다. 그때 어머니는 심한 배신감을 느꼈다.

내가 너를 어떻게 가졌는데! 어떻게 키웠는데에! 공항에서 악다구니를 치는 어머니를 유화는 모른 척하고 싶었다. 보안경찰이 와서야 어머니는 정신을 차렸다. 공항 앞 호텔에서 일주일을 묵는 동안 유화는 어머니를 딱 한 번 만났다. 어머니는 다시 한번 한국으로 돌아가자고 감정에 호소했고 유화는 이성적으로 말했다. 그냥 나를 있는 그대로 봐달라고. 그렇게 어머니는 한국으로 돌아갔다. 딸을 끝내 이해하지도 인정하지도 못한 채.

"그날이 마지막이었지. 엄마를 본 게."

유화가 쓸쓸하게 말을 이었다. 그렇게 한국과 인연을 끊은 지 10년째지만 일주일이 멀다 하고 통화하는 나로서는 유화가 옆집에 사는 것 같았다. 유화의 어머니는 왜 그렇게 화가 나셨을까. 금지옥엽으로 키운 무남독녀 외동딸이 동성애자임을 밝히고 여자와 결혼한 게 딸을 안 볼 정도로 화가 나는 일일까.

나는 태리가 어떤 여자를 데리고 와서 결혼하겠다고 선언하는 상상을 했다. 염려는 되겠지만 그건 남자를 데리고 와도 마찬가지일 것이다. 자식은 뭘 해도 걱정거리니까. 유화는 조를 만나기 전까지만 해도 자신이 레즈비언이라는 사실을 몰랐다고 했다.

"나는 그냥 조라는 사람을 사랑하는 거야. 조가 여성이어서가 아니라 그냥 조를 사랑하는 거라고."

의외로 아버지는 그러려니 하고 받아들였으나 어머니는 결코 그러지 못했다. 유화는 존 F. 케네디 공항에서 한국말로 악다구니를 치던 엄마가 꿈속에서도 나온다고 했다. 왜냐하면 그 이후로 어머니의 맹렬했던 사랑은 극렬한 증오로 바뀌었기 때문이다. 매일 전화를 걸어 욕과 한탄을 하더니 유화가 전화를 받지 않으니까 저주의 문자를 장문으로 남기기 시작했다.

어머니는 급기야 유화에게 고소장을 날렸다. 그동안의 양육에 대한 비용 청구였다. 성년 이후 들어간 비용, 레슨비 8000만 원과 등록금, 유학 비용 4억 5000만 원에 대한 것이었다. 유화는 충격과 함께 상처를 받았다. 어머니의 의도가 적중한 것일까. 어머니의 분노가 정점을 찍은 이 사건이 바로 유화가 한국에 발길을 끊은 시점이었다.

"엄만 내가 여자랑 살아서도 아니고 미국에 남아서 그러는 것도 아니야. 그냥 자기 마음대로 못해서 그러는 거야."

가끔 발작처럼 욕설과 저주를 담은 문자를 보내곤 했는데 이젠 그나마도 연락이 없다고 했다. 아버지만이 1년에 한 번 유화의 생일에 축하 문자를 보냈다.

"분노도 늙는가봐."

유화가 한숨을 쉬며 말했다.

39

둘째가 둘째에게.

엄마는 둘째인 나에게 항상 이렇게 말했다.

너 안 낳았으면 어쩔 뻔했니.

이건 '너를 사랑한다'의 다른 표현이었지만 당신의 의도와는 달리 나는 매번 상처를 받았다. 그 말에는 '선택'이라는 단어가 전제되어 들렸기 때문이다. '낳을 수도 있었고 안 낳았을 수도 있었어. 하지만 낳았지.' 그건 아마 내가 둘째였기 때문일 것이다.

어느덧 내가 둘째를 낳았다. 그리고 나도 너에게 그런 말을 하고 있었다. 너 안 낳았으면 어쩔 뻔했을까.

그때의 내 심정은, '네가 내게 오지 않았더라면 나는 어떻게 살았을까. 어떤 삶을 살고 있을까. 정말 다행이다'였다. 흠, 40년 동안의 오독 속에서 혼자 괴로워했다니.

"네가 오지 않았더라면 정말 나는 어떻게 살았을까."

새근새근 잠든 태랑의 숨결을 들으며 나는 혼잣말을 했다.

40

어제는 아빠에게 전화를 걸었다. 길을 걷고 계시다고.

"아빠! 뭐 물어볼 게 있는데."

"뭔데?"

"내가 둘째를 낳아 키워보니까, 둘째가 더 이쁜 거 같아. 아빠도 그래?"

"잘 안 들린다."

"아니이, 내가 둘째를 키워보니까 둘째가 더 이쁘다고. 아빠도 그러냐고."

"무슨 말인지 모르겠다. 엄마한테 얘기해라."

노련하다, 노련해.

끊고 엄마에게 전화를 했다. 친구분과 식사 중이시라고.

"엄마! 내가 뭐 물어볼 게 있는데."

"뭔데?"

"내가 둘째를 낳아 키워보니까, 둘째가 더 이쁜 거 같아. 엄마도 그……"

"당연하지! 우리 딸이 최고지!"

더 노련한 사람이 여기 있었다.

봄

41

드디어 조리원을 졸업하고 태랑과 집에 왔다. 20일 남짓 헤어져 있던 엄마에게 태리가 달려와 안겼다. 그러곤 조심스럽게 아기를 관찰했다. 제 인형보다도 작은 아기가 신기한지 침대에 누워 있는 태랑을 물끄러미 바라보았다.

"아기 같아."

태리가 말했다.

"아기야."

"아, 그렇지."

내 말에 태리가 멋쩍은 듯 웃었다. 이렇게 작은 아기는 처음 보겠지. 태열로 얼굴은 불그스레하고 젖비린내와 토 냄새로 무장한 신생아였다. 태리 때는 처음이자 마지막 출산일 거라 생각했고, 노산이니만큼 돈을 아끼지 말자고 마음먹었다. 그때는 5년 후 그걸 한 번 더 겪으리라고 꿈에도 생각 못했던 것이다. 이번에는 두 번째고 '노오산'이었다. 아끼고 말고를 떠나 기력이 없었다. 엑기스가 쪽 빠진 껍데기가 휘청휘청 걸어다니는 느낌이었다. 산후 도우미의 도움이 시급했다.

예약해둔 업체에서 연락이 왔다. 나에게 배정됐던 관리사가 코로나 확진이 되었다며 갈 수 없게 되었다고. 당장 내일이었다. 태리의 등하원은 어쩌며 수시로 깨는 태랑 때문에 밤샘을 한 내가 맨정신으로 낮에도 아이를 돌볼 수 있을지 걱정이었다. 인력업체 담당자에게 눈물로 호소했다. 어렵지만 어떻게든 구해서 보내겠노라 약속을 받아냈다.

다음날 참하게 생긴 사십대 관리사가 방문했다. 마음에 쏙 들었다. 대부분 환갑이 넘은 분들이 많은데 우선 굉장히 젊었고, 깔끔하고 센스 있고 스마트하기까지 했다. 아기를 무척 예뻐했고 음식 솜씨도 정갈했다. 슬하에 두 명의 대학생 딸이 있었다. 다만 조금 걸리는 것은 집이 좀 멀다는 거?

거리상으로는 먼 거리가 아니었지만 차편이 복잡했다. 하지만 관리사님은 오늘도 남편이 출근하면서 근처까지 태워다주었다며 신경쓰지 말라고 말했다.

성격도 잘 맞아서 태랑이 잠든 사이 이런저런 수다를 떨며 나는 친화력을 발산했다. 이렇게 한 번에 마음에 드는 분을 만나다니, 나는 인복이 있는 게 분명했다. 한 달 동안 지내보고 서로 괜찮다면 기간을 연장할 생각이었다. 끝날 시간이 되어 문을 열고 나가는 관리사님에게 나는 삐거덕거리는 허리를 90도로 꺾어서 공손히 인사했다.

"안녕히 가세요. 내일 뵐게요."

그런데 관리사님은 대답 없이 문을 닫고 나가버렸다. 못 들었나? 이상했지만 그러려니 했다. 저렇게 좋은 사람은 몇 달 전에 예약이 다 찬다는데 나는 운도 좋지. 아니, 우리 태랑이가 인복이 많은 건가. 나는 콧노래를 흥얼거리며 기저귀를 갈았다. 모처럼 기분이 좋았다, 30분 후 센터에서 연락이 오기 전까지는.

"죄송합니다. 오늘 방문하셨던 관리사님이 내일부터는 못 가실 거 같아요."

황당했다. 무슨 문제가 있는지, 내가 뭘 잘못했는지 물었더니 답이 왔다.

"개인적인 사정이랍니다."

그럼 하루 종일 나랑 웃고 대화한 건 뭐란 말인가. 갈 때까지도 분위기가 아주 좋았는데 그건 나만의 생각이었단 말인가. 내가 눈치가 그렇게 없는 사람이란 말인가. 감이 이토록 떨어졌단 말인가. 기분이 뭐랄까, 소개팅 상대와 분위기 좋게 데이트를 끝내고 설레는 마음을 안고 집에 갔는데 주선자한테 전화가 와서 너 별로고 애프터는 없다는 연락을 받은 심정이었다. 황당을 넘어 황망했다. 하지만 몰랐다. 이건 앞으로 펼쳐질 산후 도우미 잔혹사의 서막에 불과하다는 것을.

42

결론부터 말하자면 5일 동안 네 명의 관리사가 교체되었다. 참고로 말하자면 나는 그렇게 까다로운 사람이 아니다. 식당에서 밥을 먹다가 찌개에서 머리카락이 나와도 젓가락으로 건져낸 후 그냥 먹는 무던한 사람이다. 산후 도우미와의 관계는 그러니까, 연애하는 과정과 비슷했다. 내가 좋은 사람은 날 안 좋아해, 나를 좋아하는 사람은 내가 싫어. 어쩌다 서로 마음이 맞아서 같이 가려고 하면 천재지변이 방해해.

내가 마음에 들어 했던 그 첫 번째 관리사가 그만두고 다음날 온 두 번째 관리사는 뭔가 무기력해 보이는 비만인이었다. 하루 종일 잠든 아기 얼굴만 바라보고 있었다. 처음엔 관상을 보는 건가 싶다가, 나중엔 눈뜨고 자는 건가 싶었다. 그러다 점심시간이 되자 냉장고에 있는 반찬을 가지고 상을 차리기 시작했다. 내가 상을 물리고 아기를 보는 동안 관리사님이 밥을 먹었는데 정말 푸짐하게 담아와서 반찬 품평을 하며 오랫동안 만찬을 즐겼다.

감이 왔다. 첫날은 서로 간을 보고 재는 날이구나. 마치 수컷 벌잡이새가 날개를 펄럭이며 구애를 하고 암컷이 눈을 지그시 뜨고 구경하는 것과 비슷했다. 그러니까 처음부터 열심히 날갯짓을 하는 새가 있는 반면에 대충 시늉만 하는 새가 있었다. 시간만 때우겠다는 속셈이었다. 그런 종은 선택받을 확률이 낮다. 탈락.

세 번째는 칠십대 노인이었다. 업체에서는 세 번째가 되자 나에게 베테랑으로 보내겠다고 약속을 했다. 아주 노련한 오십대 관리사님이 갈 거라고. 그런데 문을 열고 들어오는 분은 아무리 젊게 봐도 육십대로도 보이지 않았다. 우선 허리가 굽었고 옷차림은 매우 토속적이었다.

나중에는 내가 잘못 들은 거라고 판단했다. 오십대가 아닌 50년대생이라고. 그래, 칠십대는 되어야 노련하지. 애써 스스로 납득을 하며 긍정적인 마인드로 리셋했다. 이 관리사님은 들어오자마자 허리춤에 양손을 얹고 침대에 누워 있는 태랑을 내려다보았다. 분석하는 눈빛이었다. 그러곤 계산이 나왔다는 듯 고개를 끄덕였다. 뭔가 전문가다운 포스가 느껴졌다. 손길이 투박하긴 했지만 뭐든 막힘없이 일을 척척 해냈고 생각보다 기력도 좋았다. 특이한 점은 무슨 말을 할 때마다 이런 말을 덧붙인다는 것이다. "내가 경력이 20년이 넘었는데." 식사 때 국 없이 드시길래 국은 안 드세요? 하고 묻자 이런 대답이 돌아왔다.

"내가 경력이 20년이 넘었는데, 미역국은 쳐다보기도 싫어."

뭔가 주술 호응이 안 맞는 느낌이었지만 일관성은 있었다. 그래서 이분과는 오래갈 수 있겠다 싶었는데, 두둥. 이번엔 천재지변이었다. 또 센터에서 전화를 받았다.

"관리사님이랑 같이 사는 아들이 코로나 확진이라네요. 격리하게 됐어요."

그러곤 내가 미처 말하기도 전에 먼저 선수를 쳐서 요즘 코로나로 인해 인력 수급이 힘들다는 하소연을 했다. 그래서인지 맘카페에서는 집에서 쉬고 있던 사람까지 아쉬운 대로 불러들이는 통에 서비스 질이 하향 평준화되고 있다는 분석을 내놓았다. 그러다 마침내 그 '집에서 쉬고 있던 사람'이 우리 집에도 오게 됐다. 네 번째 관리사였다.

43

새로운 관리사가 문을 열고 들어오는 모습을 보고 깜짝 놀랐다. 구척장신이 우리 집 현관으로 들어서고 있었다. 185센티미터에 100킬로그램이 넘는 해윤과 비슷한 스펙이었다. 미드 〈왕좌의 게임〉을 본 사람이라면 알 것이다, 브리엔이라는 여전사를. 청동 갑옷만 입으면 딱 브리엔이었다.

키만 큰 게 아니었다. 이목구비와 손발도 컸다. 그런 분이 아이를 안으니 아기가 정말 더 작아 보였다. 중세 여전사가 태랑을 지킨다고 생각하면 든든했겠으나 현실은 그렇지 않았다. 바닥에 앉았다 일어서는데 몸이 커서 그런가, 본인 몸도 건사하기 힘들어 보였다. 나는 연신 불안한 시선으로 지켜보았는데 관리사님도 나의 이런 눈빛을 느꼈는지 긴장하는 게 보였고, 행여나 아이를 놓칠까봐 나까지 몸에 긴장감이 흘렀다. 그렇게 오전이 지나자 둘 다 기진맥진해져서 잠든 아이를 사이에 두고 자리에 널브러졌다.

"제가 어제 잠을 설쳤어요."

관리사님이 수줍은 미소를 지으며 입을 열었다. 전사 브리엔은 저런 표정 짓지 않는데.

"왜요?"

"제가 오랜만에 일을 나오는데, 어떤 분을 만나게 될지 설레서요."

구척장신은 생각보다 소녀 감수성이 있는 분이었다. 게다가 국제 정세에도 민감했다.

"러시아가 왜 저러는 걸까요?"

나는 한마디 하려다가 입을 다물었다. 이분과도 오늘이 처음이자 마지막일 거라는 예감 때문에서였다. 청국장과 두부를 주었더니 굉장히 어려운 미션을 부여받은 참가자의 곤혹스러운 표정을 짓고는 뭔가를 만들어낸 후 도망치듯 후다닥 문을 나섰다. 뚜껑을 열어보니 헛웃음이 나왔다. 청국장으로 곰국을 끓일 수도 있구나. 두부는 보이지 않았고 물은 한강이었다.

44

뭔가 근본적인 해결책이 필요하다고 생각했다. 조리원 동기인 덕지 씨의 조언을 받아들여 업체를 바꿔보기로 했다. 다른 지역에 있는 센터들에 전화를 돌리자 모두 몇 달 치는 마감이라고 했다. 지금 쉬고 있는 관리사가 없다고. 전화를 할수록 좌절감이 들었다. 다른 사람들은 이렇게 발 빠르구나, 나는 왜 이리도 정보에 어두운 걸까. 그러다 마지막으로 전화를 돌린 센터에서 일주일 후에 일이 끝나는 분이 있는데 그 관리사님이 갈 수 있다고 했다. 일주일은 얼마든지 기다릴 수 있다고 읍소하는 심정으로 예약금을 지불했다.

일주일이 정신없이 흘렀다. 여러 사람의 손을 빌려서 그럭저럭 살았다. 시간을 밀어냈다는 게 좀 더 정확한 표현일 것이다. 일주일이 지나고 다섯 번째 관리사가 오기로 한 월요일만을 손꼽아 기다렸다. 이분은 VIP였다. 경력으로 인해 시간당 페이가 더 높은 베테랑을 그렇게 불렀는데 사용자가 VIP가 아니었다. 전염병으로 인해 수요와 공급이 기울어진 시대엔 관리사가 VIP였다.

본인을 아무개 관리사님이라고 스스로 높여 소개한 이분은 복부 비만이었는데 자신감이 자신의 복부만큼이나 팽팽했다. 그리고 그게 근거 없는 자신감이 아니라는 게 한나절만에 밝혀졌다. 음식 장인이었던 것이다. 조리원에서나 보았던 비주얼과 맛을 구현해냈다. 매 끼니 감탄이 나왔다. 김치냉장고 한편에서 자리만 차지하고 있던 텁텁하고 짜기만 한 오래된 집된장을 아주 맛깔스러운 강된장으로 재탄생시키는가 하면 본인 집에서 가져온 생선 한 마리를 보기만 해도 군침이 나오는 생선찜으로 선보였다. 5성급 호텔의 중화요리사가 만들었다고 해도 믿을 만한 맛이었다. 그리고 아기가 자고 있을 때면 집 안 곳곳을 대청소했다. 집이 반짝반짝 빛나기 시작했다. 문제는 나를 자꾸 참여시켰다는 것이다.

"태랑 엄마, 오늘은 나랑 냉장고 청소합시다."

"태랑 엄마, 이따가 창고 정리 좀 합시다."

이 관리사님은 새벽 4시에 일어나서 집 안 대청소부터 시작해야 직성이 풀린다고 했다. 그런 분이 이런 집에 오셨으니, 심정은 이해가 갔다. 집에 들어서는 순간부터 가슴에 묵직한 돌덩이를 얹은 것처럼 답답하다고. 우리 집 청소는 본인의 마음 건강을 위한 일인 거 같았다.

어쨌든 내가 보았던 관리사 중 최고였다. 아기를 돌보는 스킬과 음식, 청소, 더할 나위 없이 좋았다. 게다가 성격도 쾌활하고 진취적이어서 같이 있기만 해도 마음이 밝아지는 느낌이었다. 페이가 좀 부담이었지만 VIP가 왜 그 가격을 받는지 알 것 같았다. 하지만 어디 다 좋을 수 있나. 역시나 한 가지 문제가 있었다.

그 시기, 관리사님의 집안에 우환이 있었다. 하나뿐인 딸이 자궁암에 걸려서 수술을 앞두고 있다고 했다. 늘 활기차게 웃다가도 순간순간 얼굴에 그늘이 졌다. 더 오래 함께하고 싶었으나 약속한 한 달이 지나자 딸 간병을 해야 한다면서 작별을 고했다. 이래서 시절인연이라고 하는 것일까. 늘 찰나여서 아쉽고 그래서 애틋한.

45

생후 48개월까지는 온갖 예방접종을 다 한다. 그중에서도 첫돌 때까지는 쉴 새 없이 주사를 맞는데 접종한 당일이면 열이 끓고 돌아서면 다음 접종일이 다가왔다. 이번에도 필수 예방접종을 맞혀야 한다고 보건소에서 친절하게도 문자가 날아왔다. 태랑을 유모차에 태우고 소아과를 찾았다.

언제나 소아과는 정신이 없다. 아이들은 아프면서 큰다는데 열심히들 크는 모양이었다. 자리가 나자 잽싸게 가서 앉았다. 우는 아이들과 소리 지르는 아이들, 더 크게 소리치는 엄마들 사이에서 태랑은 품에 안겨 쌔근쌔근 자고 있었다. 잠시 후 주삿바늘에 찔릴 제 미래도 모르고.

"눈이 댕그란 게 아주 예쁘장하게 생겼네. 아기가 어디 아파요?"

고개를 돌리니 옆자리에 앉은 할머니의 목소리였다. 세 살 정도 되는 손녀의 손을 잡고 있었다. 그 말은 나한테 한 소리가 아니었다. 태랑은 눈이 댕그랗지도, 예쁘장하게 생기지도 않았다.(아빠를 닮아서.) 내 앞자리에 앉은 엄마와 아기를 향한 말이었는데 가만 보니 엄마의 외모가 동남아 쪽

외국인처럼 보였다.

"자꾸 토해요. 먹으면, 바로 토해요."

발음이 뭉툭하긴 했지만 이국의 엄마는 한국말을 곧잘 했다. 품에 안긴 아기를 얼핏 보니 이제 갓 백일이 넘었을까. 아직 이유 없이 아프기에는 이른 개월 수였다. 통상 6개월이 넘으면 엄마에게서 온 면역이 떨어져 아프기 시작한다. 태리가 어릴 때를 생각해보니 돌이 되는 동안 그 흔한 장염이나 감기 한 번 걸리지 않고 잘 커주었다. 그 뒤에는 해윤과 나의 마이크로적 육아가 한몫했는데, 첫아이라 우리는 바짝 긴장했던 것이다.

아기의 수유 양과 시간, 기저귀 교환 횟수, 낮잠 시간 같은 일거수일투족을 비롯하여 매주 신장과 몸무게를 수치화하여 기록했다. 먹는 양이 적은 탓에 다른 아이들은 '원샷'하는 분유를 두 번, 세 번에 끊어 먹어도 절대 실온에서 40분 이상 방치하지 않고 새로 타다 바쳤으며 차로 이동할 때는 무슨 일이 있어도 유아 카시트에 태웠고 지구상에서 모유에 제일 가깝다 하는 서유럽 어느 나라의 분유를 단계별로 직구로 구해서 먹였다. 엄마는 우리더러 유난도 꽤 떤다고 했지만 이런 빈틈없는 마크로 인해 태리는 생후 1년간 바이러스로부터 안전했다. 하지만 태랑에게도 이렇게 할 수 있을까. 이런 생각에 빠져 있는데 할머니가 대화를 이어나갔다.

"저런저런, 저맘때 애들은 먹으면 원래 반은 토하지. 뱃골이 커지려고 그런 거라우."

나는 고개를 들어 할머니를 쳐다보았다. 검은색으로 염색한 머리카락의 뿌리 부분이 하얗게 올라오는 중이었다. 비과학적인 말에 반박하고 싶었으나 나는 교양인이니까 모른 척 고개를 돌렸다.

"뱃골?"

아기 엄마가 눈을 동그랗게 뜨며 되물었다. 처음 듣는 말이라는 듯.

"배가 커지려고 그런다고. 많이 먹고 쑥쑥 크려고."

아……. 할머니의 부연 설명에 엄마의 표정이 대번에 밝아졌다. 축 늘어진 아기의 상태를 보면 그런 말이 딱히 위로가 될 거 같진 않았지만 그게 뭐가 되었든 타인의 위로와 조언이 필요한 상태 같았다. 몇 살이나 되었을까. 아기만큼이나 아기의 엄마도 앳되기는 마찬가지였다.

"몇 살이나 됐수? 아기 엄마는?"

나는 다시 고개를 돌려 할머니를 쳐다보았다. 사람들이

궁금한 건 다 비슷하구나. 그런데 그걸 족족 다 물어보는 할머니가 존경스러웠다. 저런 분들은 화성에 데려다 놔도 화성인들과 30분 만에 호형호제할 구력이 있다.

"스물한 살이요."

하, 애기잖아. 저 나이 때 나는 학교 늦는다고 아침마다 엄마한테 등짝 스매싱을 당하며 일어났더랬는데.

"하이고, 애기 엄마도 엄마 보고 싶겠다."

그 말에 아기 엄마는 울 듯 말 듯한 미소를 지어 보였는데, 할머니가 용케도 '애가 애를 낳았네'라는 속말을 삼키는 것을 나는 목도했다. 타국에서 애가 애를 낳고 얼마나 외롭고 무서울꼬.

진찰실 문이 열리고 닫히고를 몇 번 반복하더니 아이 엄마 순번이 되었다. 엄마를 닮은 외모와 다르게 아이는 한국의 성(姓)을 갖고 있었다. 아이를 번쩍 안고 일어서는 그 엄마의 발목이 눈에 들어왔다. 깡동한 청바지 위로 앙상하게 드러난 발목이. 아기도 엄마도 옷차림이 그랬다.

진찰실에서 나온 보호자들은 데스크에서 처방전을 받아 건너편 약국으로 향했다. 진찰실 문을 열고 아기 엄마가 얼굴이 발그스름해져서 나왔다. 큰 눈이 더 땡그랗게 보였다.

태랑의 이름이 모니터에 떴다. 나는 일어나서 진찰실로 향하다가 아기 수첩을 간호사에게 주지 않았다는 것을 깨닫고 다시 데스크로 향했다. 그러다 우연히 아기 엄마가 받은 처방전 내용을 듣게 되었다.

"여기 처방전 가지고 약국 가시면 되고요. 아, 그리고 처방이 하나 더 있는데…… 젖병을 하나 더 사시래요. 하나 소독해서 말려놓고, 다른 거 쓰고 또 소독해서 말려놓고, 다른 거 쓰고 이렇게. 두 개 가지고 번갈아 쓰시라고요."

경황없이 마음에 훅 들어오는 잽을 맞은 느낌이었다. 간호사의 말에 아기 엄마는 연신 네네,를 반복했다. 마치 할 줄 아는 한국어는 그것뿐이라는 듯이.

"배태랑, 들어오세요."

진찰실 간호사가 나를 재촉했다.

46

유화와 조는 벌을 치면서 더욱 바빠졌다. 벌이 꿀을 채취할 수 있도록 밀원식물로 뒷마당을 가꿔야 했기 때문이다.

그리고 주위 이웃에게 양해를 구하기도 했다.

"하긴, 옆집에서 벌을 키운다고 하면 신경쓰이겠어."

내 말에 유화가 바로 반격을 가했다.

"너, 벌의 뇌가 어떤 유의 동물과 비슷한 줄 알아?"

"영장류는 아닐 테고."

"파충류야. 그래서 주인을 못 알아봐."

"그럼 쏘기도 하겠네?"

"예민할 때 건드리면 쏘지."

유화는 벌써 몇 방 쏘였는데 주로 방충복이 완전히 보호하지 못하는 손목과 발목을 쏘인다고 했다. 한번은 손목에 쏘인 자리가 붓더니 다음날 평생을 달고 다니던 손목 건초염이 사라졌다나. 믿거나 말거나.

"아픈데 화가 나지는 않더라. 얘네는 침이 갈고리처럼 되어 있어서 한번 쏘면 장까지 같이 빠지거든. 목숨을 걸고 쏘는 거야."

내가 얼마나 미웠으면 목숨을 걸고 달려들었을까 싶은 게 짠하다고 했다. 이 정도로 벌에게 감정이입을 하는 유화에게 얼마 전 큰 사건이 발생했는데, 바로 옆집에 사는 고약한 영감 때문이었다. 자기 집 정원에 살충제를 뿌리는 걸 유화가 목격했다고.

“모기가 있나? 살충제를 왜 쳐?”

“정원에 살인 진드기가 산다고 생각한대.”

진드기면 진드기지 살인 진드기는 뭔가.

“그런 게 있어? 가정집 정원에?”

“약간 망상증이 있는 사람이야. 젊었을 때 참전 군인이었대.”

그런데 문제는 그 집에 꽃이 많다고 했다. 할머니가 꽃 키우는 걸 좋아한다고. 한쪽에선 꽃을 피우고 또 한쪽에선 살충제를 뿌리니, 이건 뭐 함정인가.

살충제가 뿌려진 꽃에 들어간 벌은 바로 죽고 만다. 유화는 바닥에 후드득 떨어진 벌들을 보면 가슴이 찢어진다고 했다. 벌들은 자기 집에선 안 죽으니까. 날개가 찢어져도 끝내 기어나와서 밖에서 죽는다고.

“억울하겠다. 영감한테 한 방 쏘기라도 하고 죽지.”

오늘은 웬일로 미국에서 새벽부터 전화를 걸어온 탓에 나는 저녁 준비를 하며 건성건성 대화를 하고 있었다.

“내가 그동안 느낀 바에 의하면 벌들은 인간한테 관심이 없어.”

"뇌가 파충류랑 같아서?"

나는 태리가 태랑에게 공룡 장난감을 보여주는 걸 눈으로 훑으며 말했다.

"아니, 너무 바빠서. 관심을 가질 여유가 없어."

그러면서 우리의 곤충학자 유화는 꿀벌의 일생에 대해 읊기 시작했다. 나는 밥을 푸고 국을 담고 달걀말이를 만들며 흘려들었다.

"태어나서 일주일 동안은 애벌레를 돌봐. 그 이후로는 밖에서 식량을 모아온 벌에게서 꿀과 꽃가루를 건네받는 일을 또 일주일 동안 해. 그런 다음, 밀랍 조각을 반죽해서 육각 구조의 방 만드는 기술자가 되지."

생후 10일에서 20일 동안 최고의 밀랍을 분비하는데 그 이후로는 밀랍샘이 퇴화한다고 했다. 그러니까 벌집은 인간으로 치면 어린이들이 짓는 셈이었다. 어쩐지 귀엽더라.

"그렇게 2, 3주가 지나고 나서 꿀벌들은 밖에 나와서 꿀 따고 꽃가루 모으고 벌집 경비도 서고 그러다 5주에서 7주 사이 죽어."

"그렇게 짧게 살아?"

나는 달걀말이를 뒤집다가 놀라서 물었다. 어느새 식탁에 앉아 그림을 그리고 있던 태리가 고개를 들어 나를 쳐다보았다.

“그것도 태어난 시기에 따라 다른데 5, 6월에 열심히 일한 꿀벌은 수명이 4주에서 6주고, 겨울에 태어나서 활동성이 적은 꿀벌은 4주에서 6개월을 산대.”

마모되어 죽는 거였다. 노동에 마모되어서.

“꿀벌이 아니라 일벌이라고 불러야겠다.”

달걀말이를 접시에 옮기고 케첩을 뿌리며 내가 말했다. 꿀벌은 좀 낭만적인 이름 아닌가. 인간이 꿀에 갖는 풍요로움, 달콤함, 목가적인 이미지가 벌에게 투영되기 때문이다. 그런데 죽도록 일만 하다가 가는구나.

“그건 일개미도 마찬가지야. 어릴 땐 애벌레를 돌보다가 나이가 들면 집 정비를 하고 더 자라면 밖으로 나가서 먹이를 구해오다가 죽지.”

유화는 피아니스트가 아니라 이제 곤충학 박사라고 불러야 할 거 같았다.

“그런데 개미랑 벌이 다른 점이 뭔지 알아? 일개미는 전쟁에도 동원된다는 점이야. 꿀벌도 천적이랑 싸우기는 하지만 정당방위거든. 다른 꿀벌 왕국과 전쟁을 하지는 않아.”

유화는 마치 우리 애는 안 그래요,라고 말하는 것처럼 개미와 선을 그었다. 우리 벌들은 폭력을 싫어한답니다.

47

갓 한 달걀말이가 맛깔스럽게 김을 내고 있는데도 태리는 오이지와 김치만 공략했다. 심지어 밥은 줄지도 않았다. 저 녀석의 주식은 오이지 같았다. 이럴 거면 내가 반찬은 왜 하나 싶지만 반찬 가짓수가 적기라도 하면 먹을 게 없다며 또 은근히 양육자로서의 나를 비난했다. 이래서 자식이 아니라 원수라고 하는 것인가. 태리를 흘겨보다가 눈이 마주쳤다. 나는 눈을 반달 모양으로 얼른 만들었다.

"이거 뭐 그린 거야?"

그림으로 화제를 돌렸다. 좀 전에 유화와 통화할 때 태리가 식탁에서 열심히 그리던 작품이었다. 복잡한 선 한가운데에 사람(모양)이 덩그러니 서 있었다.

"거미줄에 걸린 사람이야."

"누군데?"

"나야."

태리는 오이지를 오독오독 씹으며 말했다. 오늘 유치원 도서관에서 책을 보던 중 구석에서 거미줄을 발견했다고 한다. 자세히 보니 작은 거미가 누군가 오기를 하염없이 기다리고 있더라고.

"먹이?"

젓가락으로 밥을 떠 얼른 입속에 넣어주며 내가 말했다. 말을 자꾸 시켜서 정신이 분산되었을 때 먹이는 게 내 특기였다.

"손님일 수도 있지."

태리가 밥을 오물거리며 말했다. 어쩐지 거미가 자신에게 손짓을 하는 거 같더라며.

"외로워 보였어?"

"외로운 게 뭐야?"

"혼자 있어서 심심하고 슬픈 거."

내 말에 잠시 생각하던 태리는 "거미는 늘 혼자잖아"라고 말했다. 그러고 보니 거미줄 하나에는 하나의 거미만이 산다.

"엄마, 나 생각났어. 제목은 거미의 초대를 받은 태리야."

태리는 즉석에서 이야기를 지어내기 시작했다. 나도 바삐

젓가락질을 시작했다. 거미의 초대를 받아 거미줄에 올라선 태리는 끈끈이 때문에 오도 가도 못하고 앉아서 거미의 이야기를 들어준다. 그사이에 꿀벌, 나비, 매미 등이 태리를 지나치며 인사를 한다.

"외로운 거미는 이윽고 배가 고파지기 시작했습니다. 나를 먹을 거니? 태리가 물었습니다."

태리가 입을 벌리는 순간, 나는 입속에 얼른 달걀말이를 넣으며 호응했다. 어머, 어머. 그래서?

"거미가 나는 친구는 먹지 않아, 내 이야기를 들어줬으니 우린 이제 친구야, 이제 너는 자유야, 이러면서 놓아줬어."

자신의 이야기에 취한 채 뿌듯한 미소를 짓는 태리를 잠시 쳐다보다가 나는 말했다.

"너, 그거 《화요일의 두꺼비》랑 되게 비슷한데?"

친구가 없는 올빼미가 두꺼비를 잡아서 화요일 내 생일에 너를 먹겠다고 통보해놓고 일주일간 대화를 나누며 친구가 된다는 바로 그 유명한 동화 말이다. 내가 정곡을 찌르자 태리가 천연덕스럽게 대답했다.

"미미샌드야."

"미미샌드가 뭐야?"

"엄마가 그랬잖아. 원래 이야기는 미미샌드에서 시작하는 거라고."

아…… 미메시스. 언젠가 태리를 앞에 두고 창작의 시작이란 모방, 즉 미메시스라는 이야기를 알아듣든 말든 혼자 말했던 게 떠올랐다. 그걸 기억하고 있다니. 자기도 모르는 새에 배가 부른 태리가 트름을 끄억 하며 식탁 의자에서 내려왔다. 남은 달걀말이를 내 입속에 넣으며 나는 생각했다. 쟤는 커서 뭐가 될까.

48

해윤은 오늘도 야근이었다. 사무실과 차 안에서 주전부리로 저녁을 때우고 헛헛한 위장를 지닌 채 9시가 넘어 도착할 것이다. 그러곤 잠든 아이들 얼굴을 한 번씩 쓰다듬고 냉장고 문을 열겠지. 그럼 나는 아이들 옆에서 잠들었다가 부스스 일어나 뭐 좀 먹겠느냐고 물어보고 남은 반찬으로 늦은 저녁을 차린다. 허기와 스트레스로 폭식을 하는 그를 식탁 앞에서 물끄러미 바라보다가 나는 오늘 하루 소소하게 있었던 이야기를 풀어놓는다. 해윤은 다음날도 미팅 때문에 일찍 출근해야 한다고 말한다.

그는 아이들보다 늦게 들어와 자고 아이들보다 일찍 일어나 나간다. 그러면 태리는 아침에 두리번거리며 아빠는 오늘도 안 들어온 거냐고 물을 테지. 나는 전쟁 같은 아침 시간을 혼자 버둥거리며 시작해야 한다. 아이들을 깨워서 씻기고 먹이고 입히고 태랑을 유모차에 태운 후 함께 유치원에 간다. 태리를 보내고 나면 태랑을 돌본다. 아이가 낮잠을 자는 동안 노트북을 켜서 작업을 한다. 언제 깰지 조마조마한 마음으로 태리의 하원 전까지 글을 쓴다. 워밍업 따위 없다. 그럴 시간이 없으니까.

하원 시간이 되면 유모차를 밀고 유치원까지 걸어간다. 집에 도착하면 저녁 일과를 시작한다. 씻기고 옷을 갈아입히고 저녁을 차리고 먹이고 재운다. 이 또한 전쟁처럼 치러진다.

나는 침대에 누워 매일 반복되는 이 생활에 대해, 내일 닥칠 일과에 대해 생각했다. 아침에 무엇을 먹이고 무슨 옷을 입혀야 하나. 그러기 위해선 매일 아침 배달되는 쇼핑 장바구니에 무엇을 넣어야 하나. 결제일은 언제고 결제 대금은 얼마가 나왔으려나. 건조기에 빨래가 들어 있나, 해윤의 양복은 세탁소에서 찾아왔나, 분리수거를 해야 하는데 오늘이 무슨 요일이더라. 태리 미술학원비 결제를 했던가, 태랑의 기저귀 사이즈 업을 해줘야 할까, 분유는 아직 충분한가. 하루는 더디게 흐르면서 일주일은 순식간에 지나간다.

그러다 잠이 들었다. 오랜만에 꿈에 발을 들였다. 꿈속에서 나는 이 순간이 꿈이라는 것을 인지하고 있었다. 왜냐하면 거미줄에 매달려 있었으니까. 나도 거미의 초대를 받은 것인가. 거미가 이쯤에서 나타나줘야 하는데 거미는 집을 비운 지 오래였다. 나는 혼자 대롱대롱 매달려서 산들산들 부는 바람을 느끼고 있었다. 새벽이슬이 맺힌 거미줄은 아름다웠는데 내가 발을 구르자 이슬이 통통 튀어 떨어졌다.

가만 보고 있자니 아침 시간은 나만 바쁜 게 아니었다. 우선 매미가 제 존재를 알리며 시끄럽게 울어대기 시작했고 (온갖 종류의 풀벌레들이 울었지만 매미 소리에 묻혔다) 개미가 일렬로 줄을 지어 부지런히 가고 있었으며 나비들이 쓰러질 듯 위태롭게 날아 이 꽃에서 저 꽃으로 점프를 했다. 그리고 윙 소리를 내며 날아오는 저건 가만, 벌이잖아.

"잠깐! 꿀벌 맞지? 잠깐만 시간을 내줘. 나랑 얘기 좀 하자."

내가 아이돌을 본 십대 팬처럼 다급하게 소리를 지르자 공중에서 꿀벌이 나를 돌아보았다. 얼굴을 자세히 보니 이목구비가 선명한데다 가슴 털은 많고 길었다. 이제 막 외역벌이 된 어린 벌이었다. 어린 벌은 손목시계는 없었지만 왠지 시간을 체크하는 분위기를 풍기며 내게 다가왔다. 뭔가 쫓기는 사람처럼 초조하게.

"바쁜데."

중성적인 목소리로 꿀벌이 말했다. 일벌은 중성화된 암컷이니 중성적인 목소리일 수 있지. 꿈이 이렇게 세세한 것까지 연출하다니, 내가 유화한테 제대로 세뇌당한 게 틀림없었다.

"왜 그렇게 바빠?"

내 말에 꿀벌이 나를 이상하다는 듯 쳐다보더니 말했다.

"너, 인간 아니야? 인간이 할 소린 아닌 거 같은데."

세 개의 작은 홑눈이 일사분란하게 내 얼굴을 훑고 지나갔다. 벌에게 내 얼굴은 빛깔과 명암이 다른 수많은 점이 합쳐진 모자이크로 보일 것이다. 뒷다리 사이의 공간에 꽃가루가 잔뜩 붙어 있는 것이 이제 막 채취를 끝내고 집으로 돌아가는 길인 듯했다.

"보다시피 지금은 한가하다 못해 심심할 지경이야. 질문

하나만 해도 될까? 넌 뭘 위해 그렇게 열심히 일하는 거야?"

맹목적으로, 쉬지 않고 말이야. 내 말에 일벌은 잠시 공중에서 생각에 잠겼다.

"그런 생각 해본 적 없는데. 뭘 위해서라……."

일벌은 공중에 머물기 위해 쉬지 않고 윙, 날갯짓 중이었다. 내 좌우를 왔다 갔다 하며 나는 통에 좀 부산스러워서 이 벌 혹시 ADHD 아냐?라는 생각이 들었다. 그러다 정답을 찾았다는 듯 허공중에 우뚝 정지했다.

"미래 아닐까?"

"미래?"

생각지도 못한 대답에 내가 되묻자 일벌이 내게 좀 더 가까이 다가와 말했다.

"앞으로 우리의 미래, 내 다음 세대 벌들을 위한 미래 말이야."

재채기가 날 것 같았다. 맞다, 나 꽃가루 알레르기가 있는데. 이게 꿈에서까지 발현이 되다니. 재채기를 참느라 내가 말이 없자 일벌은 다시 손목시계를 보는 것 같은 몸짓을 취하더니 인사를 했다.

"그거 외에는 떠오르지가 않네. 아무튼 고생해. 난 바빠서 말이야.”

그러더니 붕, 위로 날아서 자신의 집으로 향했다. 미래라……. 노동에 마모되는 매일이 미래에 대한 믿음 때문이었다니. 나는 잠시 얼이 빠진 것처럼 거미줄에 매달려 생각에 잠겼다.

“참.”

일벌이 다시 돌아왔다. 뭔가 잊었다는 듯이.

“저 거미는 이야기를 좋아해. 그런데 재미없는 이야기를 하면 그 자리에서 잡아먹어. 잡아먹힌 작가가 한둘이 아니야. 죽지 않으려면 매일 재밌는 얘기를 해줘. 오래 살고 싶으면 말이야.”

일벌의 시선이 향한 곳을 보니 거대한 거미가 나를 향해 다가오고 있었다. 아주 화려한 색감이 독거미 같은데. 나는 끈적이는 거미줄에서 옴짝달싹 못한 채 생각했다. 여기서까지 일을 해야 하다니. 그런데 꿈아, 이거 셰에라자드의 미미샌드 아니니.

49

본격적으로 독박 육아에 들어섰다. 백일이 되려면 한 달이 남은 상황이었다. 태랑은 여전히 연체동물처럼 무력했고 잘 게웠으며 밤에도 수시로 깼다. 50일을 기점으로 모유는 끊었다. 태리에게 5개월 먹인 거에 비하면 턱없이 짧았지만 누구처럼 사레들릴 정도로 콸콸 나오지 않았기에 과감히 폐점했다.

밤낮으로 잠은 부족하고 혼자 있으니 먹는 것도 부실했다. 정서적으로는 외로운데 고독은 절실한 나날이 시작됐다. 저녁만 되면 팔이 떨어져나갈 것처럼 승모근이 굳었다. 백일의 기적이 오기도 전에 먼저 기절할 거 같았다. 그날도 여지없이 힘들고 외로운 하루를 보낸 후였다. 퇴근하고 돌아온 해윤은 아기를 받아 안았다.

"오늘 나, 팔이 몇 번 떨어졌었어."

식탁에 앉아 해윤에게 푸념하듯 말했다.

"힘들었겠네."

해윤이 내 어깨를 감싸안았다. 그러자 맞은편에서 보고 있던 태리가 물었다.

"어떻게 붙였어?"

"뭘?"

"떨어진 팔, 뭘로 붙였냐고."

"풀로 붙였지."

기운 없는 내 목소리와는 달리 태리는 눈을 반짝이며 가까이 다가왔다.

"어디 봐봐."

"감쪽같지?"

빙글빙글 미소를 짓는 태리의 얼굴에는 엄마는 뻥쟁이라고 쓰여 있었다. 나는 엄숙한 표정으로 태리의 눈을 바라보며 조용히 말했다.

"태리야, 이제 너도 알아야 할 때가 온 거 같아."

"뭘?"

"엄마의 비밀을. 아무한테도 말하면 안 돼."

"뭔데?"

"제일 친한 친구 지우한테도 절대 말하면 안 돼. 약속해."

"어, 약속. 뭔데 그래."

웃음기 지운 얼굴로(도저히 피곤해서 웃을 여력이 없었다) 진지하게 말하자 태리도 표정이 심각해졌다.

"사실 엄마는…… 사람이 아니야."

"그럼 뭐야?"

"로봇이야."

"뭐어?"

태리는 내 얼굴을 살피며 웃을락 말락 하고 있었다. 내가 조금이라도 피식 웃었다면 엄마, 뭐야! 하며 웃을 기세였다. 하지만 나는 피식할 기력도 남아 있지 않은 상태였기에 의도치 않게 분위기는 무거워졌다.

"정말이야?"

"정말이야."

비로소 심각해진 내 딸 태리의 존재론적 고민이 시작됐다.

"그럼 아빠는?"

"아빠는 사람이야."

"그럼 할머니 할아버지는?"

"할머니 할아버지도 사람이야."

"사람이 어떻게 로봇을 낳아?"

딸이 예리한 눈빛으로 엄마를 추궁했다. 하지만 태리야, 네가 깜박한 모양인데, 엄마 작가야.

"엄마는 다리 밑에서 주워왔대."

"그랬구나. 그럼 나는?"

눈을 커다랗게 뜨고 태리가 나를 쳐다보고 있었다. 태생의 비밀을 알게 되는 순간이었다.

"너는…… 반은 로봇, 반은 사람이야."

헉. 태리가 충격을 받은 표정으로 나와 해윤을 번갈아 보았다. 해윤도 나를 쳐다보았다. 또 시작이야, 애 데리고 참, 이런 메시지를 담고 있었다.

"그래서 태리야, 너는 사실 목소리가 엄청 커."

"나 작은데."

태리가 기어들어가는 목소리로 말했다. 사실 태리는 굉장히 내향적인 아이라 낯가림도 심했고 주위의 주목을 받으면 얼음이 되는 경향이 있었다. 내 어릴 적 모습과 같았다.

"네가 마음속에서 볼륨을 작게 조절해놓아서 그래."

태리의 눈이 반짝, 하고 빛났다.

"그리고 너는 힘이 아주 세. 반은 로봇이니까. 그래서 사람을 절대 때리면 안 돼."

"응."

"배태리 기억해. 네 안에는 큰 목소리와 강한 힘이 있어. 언제든지 꺼낼 수 있는."

태리가 고개를 끄덕였다. 자신감이 충만한 표정으로.

50

여성의 무임 노동에 대한 이야기를 하고 싶었다. 임금이 산정되지 않는 무임금의 노동에 대하여. 나는 당시, 누군가는 꼭 해야 하지만 한 달에 한 번 월급이 들어오는 것도 아니고, 야근은 밥 먹듯이 하지만 상여금이 있는 것도 아니고, 서로 다독여줄 동료가 있는 것도 아닌 외로운 노동을 하고 있었다. 그 일의 이름은 돌봄이었고 주체는 모성 근로자였다.

머릿속에서 한 아이가 그려졌다. 남자아이였다. 아들은 엄마가 로봇이라는 것을 눈치챘다. 엄마는 낮에도 일을 하고 밤에도 일하니까. 엄마는 좀처럼 자지도 않고 쉬지도 않으니까. 엄마는 계속 일한다. 그런데도 쓰러지지 않는다. 인간은 저럴 수 없다. 엄마는 로봇인 게 분명하다. 심지어 아빠가 어린 동생과 자신을 두고 집을 나갔다. 그도 친아빠가 아닌 새아빠였다. 사람들이 등 뒤에서 수군거리는 것을 들었다. 남자 보는 눈도 없지. 남자가 또 집을 나갔네……. 아들은 더욱 확신한다. 보는 눈이 없는 게 당연하지, 인간이 아닌 로봇이니까.

여기서 잠깐. 작가는 이 엄마의 정체를 어떻게 그릴 것인가를 결정해야 한다. 그에 따라 이야기의 성격이 달라진다. 남자 복이 없는 가련한 여성으로 그릴 것인가. 그렇다면 남자 주인공이 자신의 어린 시절을 되돌아보는 후일담 소설이 될 것이고 정말 엄마가 로봇이었다면 SF 소설이 된다.

취향이 독특한 김하율 작가는 선택한다. 남자 보는 눈이 없는 가련한 인간도 아니고 로봇도 아니다. 외계인으로 가자. 지구에서 1광년 떨어진 행성에서 온 외계 생명체. 지구로 불시착했는데 그곳은 하필 대한민국 서울이고 심지어 1970년대 후반이다. 그리고 처음 만난 고등 생명체는 여공이라 불리는 여성 노동자들이다. 이 외계인의 눈으로 본 1970년대 대한민국의 여성 노동 현실을 그린 장편소설《이 별이 마음에 들어》는 그렇게 탄생했다. 팔이 떨어지면 붙이고 또 떨어지면 또 붙이던 날들 속에서.

51

나에게는 멘토가 있었다. 한 달에 한 번 만나는 선생님이었다. 태리가 두 돌이 될 무렵 발병한 우울증을 계기로 만나게 되었는데 햇수로 4년, 이젠 가까운 친척을 보러 가는 기분이 들었다. 그 방을 나는 고해성사를 하는 신성한 곳으로 생각했는데, 누구에게도 말하지 못하는 이야기를 두고 올 수 있었기 때문이다. 나의 멘토는 심각한 이야기도 유머로 만드는 신기한 재주를 가진 사람이었다. 어제는 태리가 작은 토끼 인형을 가져오더니 말했다.

"엄마, 이거 왜 그런 거 같아?"

토끼 인형의 눈알이 약간 튀어나와 있었다. 또 시작이었다. 태리는 항상 현상이 아닌 상상을 요구한다.

"글쎄, 누가 밟은 걸까?"

"아니이, 얘한테 무슨 일이 있었는지, 상상해서 말해봐."

"싫은데."

"왜애."

"상상하는 게 내 직업이야. 여태까지 하다가 왔어. 집에서까지 일하고 싶지 않아."

"어서 해봐아."

태리는 성격이 집요한 편이다. 자신의 뜻을 관철시키고야 만다.

"그래서 뭐라고 했어요?"

나의 멘토인 상담사의 목소리가 마스크 너머로 들려왔다. 눈이 웃고 있었다.

"그래서 제가 뭐라고 했느냐면, 돈을 가져와, 난 계약금이 들어와야 일을 해,라고 했어요."

말을 해놓고 보니 정말 나쁜 엄마가 된 거 같았다. 애한테 돈을 가져오라니.

"선생님, 저 정말 나쁜 엄마죠?"

눈물이 슬슬 고여왔다. 내가 이 방에서 통곡을 했던 게 몇 번이던가. 마스크에서 목소리가 들려왔다.

"셰프도 집에 가서는 요리 안 해요. 배달시켜 먹는대요. 당연한 거예요. 저도 집에 가면 말 한마디도 안 해요. 손짓, 발짓으로 해요."

눈물이 쏙 들어가고 웃음이 났다. 무거운 고민들이 이곳에 들어서는 순간 깃털이 되는 것을 몇 번 경험했다. 힘들 때 물리적으로 기댈 수 있는 곳, 그곳에서 말했다.

"엄마도 돌봄이 필요해요."

52

그 돌봄이 필요한 엄마가 코로나에 걸렸다. 결국 걸렸다. 마스크를 쓰지 않는 태랑을 시작으로 내가 걸렸고 격리를 적극적으로 하지 않았더니 해윤과 태리도 걸렸다. 그중 내가 제일 심하게 앓았고 그다음은 태랑이 고열에 시달렸다. 태리는 무증상 감염자였고 해윤도 비교적 감기 수준이었다.

처음 느껴보는 종류의 고통이었다. 마치 진통이 오는 것처럼 주기적으로 찌릿한 오한이 몸을 한 바퀴 휘감고 사라졌다. 바이킹의 맨 뒷자리에 타고 내려올 때의 전율. 딱 그런 느낌이었는데 매우 불쾌한 통증이었다.

그러던 중 새벽에 기침이 가라앉질 않았다. 목에 뭔가 이물스러운 게 넘어가지 않고 붙어 있었다. 그게 계속 기침을 유발했고 점점 숨이 가빠왔다. 그러다 탁, 기도를 막았다. 누군가 내 목을 잡고 조이는 느낌이었다. 껵껵거리며 숨을 몰아쉬는 소리에 해윤이 방에서 나왔다. 어둠 속에서 숨이 막힌 내가 벽을 잡다가 팔짝팔짝 뛰다가 세면대를 부여잡고 숨이 넘어가는 걸 해윤은 어쩔 줄 모르고 보고 있었다.

아, 이렇게 가는구나. 내 끝은 가래에 기도가 막혀서 죽는 질식사로구나. 두려웠다. 집 안에서 죽다니. 꿀벌은 자신의 집을 더럽히지 않기 위해 날개가 부러져도 기어나와 죽는다던데. 해윤의 팔을 부여잡고 눈으로 소리쳤다. 살려줘!

놀란 해윤이 119에 전화를 걸었다.

"아내가 지금 숨을 못 쉬고 있어요. 코로나 환자인데요. 네, 네."

구급차가 지금 출발했대. 5분 후 도착할 거래. 해윤이 전화를 끊고 말했다. 그런데 그 말을 듣자마자 조금씩 숨통이 트여왔다. 119 구급차가 도착할 무렵 나는 안정적으로 호흡을 하고 있었다. 그래도 나는 코로나 환자고 언제 또 증상이 발현될지 모르니까 나를 데려가겠지, 아주아주 멀리 데려가서 꽁꽁 격리하겠지,라고 생각한 건 내 착각이었다.

"숨을 크게 쉬어보세요. 내쉬어보세요."

손가락을 가져가 체내 산소 포화도와 체온을 체크한 두 명의 의사는 내게 모두 괜찮다고, 안정을 취하라고 말했다.

"네? 집에서요?"

나는 깜짝 놀라서 물었다. 짐까지 다 싸놨는데. 옷도 다 입고 얌전히 앉아서 기다린 건데. 가방 속에는 노트북이랑 책이랑 작업 노트가 다 들었는데. 난 장기 격리될 마음의 준비가 되었는데.

"병원에서는 딱히 해드릴 게 없어요. 병실도 없고요."

의사 A는 무표정한 눈빛으로 말했다.

"그럼 또 그런 증상이 생기면 어떡하죠?"

해윤이 물었다.

"심하면 응급실 가세요."

의사 B가 역시 굴곡 없는 말투로 말했다. 그들은 집에 도착한 지 10분 만에 돌아갔고 나는 나를 데려가지 않은 것에 대한 실망감에 가득 차서 망연자실 자리에 앉아 있었다. 격리되고 단체 생활을 하고 도시락 받고 그랬던 거 다 옛날이야기구나.

그때 내가 지긋지긋해했던 것은, 두려워했던 것은 전염병이 아니었다. 바이러스로 인해 쇠약해진 몸뚱이로 매일 치러야 하는 육아의 무한 굴레였다. 그것을 그 의사 A, B가 알아버린 것만 같아 나는 좀 서글퍼졌다.

53

코로나가 끝나갈 무렵, 집 나갔던 후각이 미처 돌아오기도 전이었다. 다시 한번 바이러스가 몸을 덮쳤다. 이번엔 눈병이었다. 그 유명한 아폴로눈병. 이름만 들어도 무시무시하지 않은가. 1969년 아폴로 11호가 달 착륙을 하던 시기, 아프리카 가나에서 첫 발견이 된 후 대유행했던 병이라는 이유로 이름이 그렇게 붙었다고 하는데 작명 센스가 좀 뜬금없다.

"우리가 해외에 못 나간 지가 얼마나 됐지?"

붉게 충혈된 눈으로 해윤을 바라보며 물었다.

"한 4년? 5년 되어가네."

"병으로 이국의 정취를 느껴야 하다니. 서글프다."

해윤이 나를 보며 피식 웃었다. 달과 가나라.

아이들을 해윤에게 맡긴 후 안과에 갔다. 의사는 내가 아직 정점을 찍지 않았다고 했다.

"아직도요? 선생님도 아시다시피 2주가 넘었는데요."

거의 보름째 와병 중이었다. 바이러스에 몇 번째 함락당

했다. 아침엔 속눈썹에 누런 눈곱이 본드처럼 들러붙어서 눈을 뜰 수가 없었고 눈꺼풀은 부어서 5라운드까지 맞으면서 버틴 복서 같았다. 눈알은 토끼처럼 빨갰지만 토끼처럼 귀엽진 않았고 막 깨어나서 각기춤을 추는 좀비에 가까웠다. 태리는 무섭다고 나와 눈을 마주치지도 않았다.

"이 유행성 결막염은 코로나 바이러스와 같아요. 사람마다 앓는 정도가 다 다르죠."

의사가 안경을 고쳐 쓰며 말했다. 가볍게 지나가는 사람이 있고 온전히 육체를 몽땅 내어주는 사람이 있다고. 나는 후자였다. 코로나도 혹독하게 치렀고 눈병도 그랬다. 이게 도대체 낫기는 하는 병이란 말인가. 절망감이 뒷목으로 엄습해 왔다. 나는 두 손을 맞잡은 채 의사에게 호소하듯 말했다.

"그러니까 저는 바이러스가 창궐하고 번성하기 좋은 육체라는 거군요. 제 몸은 배낭여행자들이 우르르 몰려와서 여기 오래오래 머물러야지, 하며 짐을 마음껏 부려놓는 장기 체류 도시 같은 곳인 거예요. 그쵸, 선생님."

영혼까지 잠식당할까 겁나요,라고 말하려던 찰나였다. 내 말을 멍하니 듣고 있던 의사가 나를 보며 말했다.

"혹시, 직업이 작가세요?"

혼자 여행 가방을 싸서 체감상 아주 먼 곳으로 떠나고 싶었다.

그곳이 달이 되었든 가나가 되었든 아주 먼 곳으로.

54

주말, 오랜만에 아이들을 시댁에 맡겨놓고 혼자 커피숍에 갔다. 노트북을 켜고 새 창을 열려는데 바로 옆 테이블의 말소리가 들려왔다. 얼핏 보니 태리 또래의 여자아이와 엄마인 듯한 삼십대 중반 여자가 앉아 있었다. 엄마와 딸의 데이트 같았다. 귀마개를 할까 하다가 잠시 그 모녀의 대화에 귀를 기울였다.

"민하는 커서 뭐가 되고 싶어?"

엄마가 다정한 목소리로 딸에게 물었다.

"여러 가지 해도 돼? 유치원 선생님, 의사, 발레리나, 사육사…… 하고 싶은 거 엄청 많아."

역시 저 나이 때 애들은 하고 싶은 게 다 비슷하구나. 나는 태리 생각을 하며 귀마개를 꺼냈다.

"엄마는 커서 뭐가 되고 싶어?"

"엄마 다 컸는데."

"더 커서. 뭐가 되고 싶어?"

"음…… 민하 엄마?"

"에이, 시시해. 엄만 꿈도 없어?"

귀마개를 귀로 가져가려던 내 손이 멈칫했다. 힐끔 쳐다보니 그 엄마 표정이 오묘했다. 웃고 있지만 민망함을 넘어 조금 슬퍼 보이는 표정. 저런 표정을 나는 종종 보았다.

태리의 유치원 엄마들과 오며 가며 인사를 나누다 시간이 지나 친분이 쌓이면 브런치를 먹기도 했다. 그렇게 대화를 좀 더 깊이 나눌 때마다 나는 깜짝 놀랐다. 모두 자기 커리어가 대단한 인재들이었던 것이다. 한 엄마는 북경대를 나온 정치학 박사였고 어느 엄마는 세계 3대 패션스쿨이라는 파슨스의 졸업생이었으며 또 다른 엄마는 이름을 들으면 누구나 아는 가수를 키워낸 보컬 트레이너였다. 그런데 지금은 집에서 살림하며 애를 보고 있었다. 그게 나쁘다는 게 아니다. 실은 제일 난이도는 높으면서 척박한 일 아닌가, 살림하며 애 보는 거. 그 속사정이야 알 수 없지만 어쨌든 그들이 현재 임하고 있는 곳은 집이었고 주업은 전업 모성 근로자(이게 맞는 말인지 모르겠으나) 및 전업주부였다. 커리어는 단절되어 있었다.

옆 테이블 민하 엄마의 얼굴을 보다가 가슴이 답답해지면서 머릿속에 작은 이야기가 꿈틀거렸다. 노트북에 새 문서창을 열어 손가락을 움직였다. 열아홉 살에 아이를 낳은 한 어린 엄마의 이야기였다.

임신 소식을 알렸을 때, 엄마는 나에게 아이를 지우라고 했다. 미쳤느냐고, 학생 신분에 아비도 없는 애를 어떻게 키울 거냐고. 애 키우는 게 네가 저지른 불장난처럼 어디 장난인줄 아느냐고. 하지만 나는 우겨서 아이를 지켰고 배가 불러오자 한 학기를 남겨두고 자퇴했다. 그러고 출산까지 검정고시 공부를 했다. 뭐라도 하지 않으면 미칠 거 같다고 했더니 그럼 이거나 하라고 엄마가 참고서를 사다 준 것이다. 덕분에 다른 애들 졸업식에 맞춰 나도 합격증을 받을 수 있었다. 그러고 며칠 후 딸을 낳았다.

아이는 말이 빨랐다. 두 돌이 되기 전에 이미 문장을 구사했고 세 돌이 되자 성인과의 대화가 가능할 정도였다. 어린이집 원장 말로는 인간의 생애에 뇌가 열리는 세 번의 시기가 있다고 하던데 그 첫 번째 시기가 그때쯤이었던가. 아이의 말이 하루하루 달라지는 게 느껴질 무렵이었다. 아이는 할머니와 엄마인 내가 하는 말을 앵무새처럼 따라 하길 좋아했다.

하루는 아르바이트를 하루 종일 하고 와서도 육아를 해야 하는 일과가 너무도 피곤해서 푸념을 했더니 엄마는 손녀와 장난을 치면서 아무렇지 않게 말했다.

"니 팔자지."

"니 팔자지."

아이가 혀 짧은 소리로 바로 따라 했다.

"그러니까 그때 내가 지우라고 했잖아."

"그러니까 그때 내가 지우라고 했잖아."

"애 앞에서 좀!"

"애 앞에서 좀!"

아이는 내 말도 따라 했다. 그러곤 할머니에게 물었다.

"근데, 할머니."

"응?"

"뭘 지워?"

아이의 호기심 어린 표정을 보며 말문이 막힌 듯 엄마는 바로 말을 못하다가 입을 뗐다.

"꿈."

55

잠든 태랑을 가만 내려다보았다. 인간이 천사를 상상할 때 왜 날개를 단 아기를 그리는지 알 것 같았다. 가장 사랑스럽고 가장 신비한 존재에 대한 찬사일 것이다. 나는 태랑의 작은 손에 내 손가락을 넣어보기도 하고 머리를 쓰다듬다가 급기야 통통한 볼에 입을 맞춘다. 아이가 내쉬는 달큰한 숨 냄새를 한껏 맡았다. 태랑은 무슨 꿈을 꾸고 있을까.

예전에 누군가에게 그런 얘기를 들은 적이 있다. 천기누설. 말을 하기 전까지 아이들은 자신의 전생을 기억하고 있다고. 차차 말문이 트이기 시작하면서 하나의 단어를 알게 되면 하나의 기억을 잊게 되는 것이다. 그건 슬프면서도 기쁜 일일 터. 말을 하며 소통이 되는 것은 기쁘지만 자신의 소중한 기억은 사라져간다. 종국엔 내가 누구였는지 모르게 된다. 그렇게 현생의 인간이 되는 것이라고.

가끔 아기들이 낮잠에서 깨어 꿈꾸듯이 하는 이야기들.

공주가 되었어, 용이 되었어, 하는 말을 흘려듣지 말라. 그들은 정말 전생에 공주, 용이었던 것이다. 그 기억이 꺼질 듯한 촛불처럼 희미해지는 찰나, 마지막 순간의 말들이다.

"엄마, 나 구름이었어."

마지막 기억의 조각이 비로소 연기처럼 사라진다. 그러니 부모들이여, 그들의 마지막 기억을 간직해주길.

태랑은 무슨 꿈을 꾸고 있을까.

56

출근하려는 해윤을 붙잡고 내가 말했다.

"있잖아, 역적으로 몰린 양반 가문의 멸문지화를 피해 아기씨와 도련님을 모시고 도망친 유모가 있어. 그 유모는 양반 자제에게 예의를 갖춰 대하지만 버릇없게 키워서는 안 된다고 생각하는, 엄격하지만 알고 보면 다정한 스타일이야. 훗날 멋진 어른으로 성장시켜서 주인님을 뵈었을 때 떳떳할 수 있어야 한다고 늘 중얼거리는 고독한 사람이지."

"그게 누군데?"

해윤이 구두끈을 묶으며 물었다.

"나야."

"뭐?"

"내가 이번 생에 맡은 역이라고. 나 그 유모라고 생각하며 살 거야."

그제야 상황 파악이 된 해윤이 현관문을 열며 말했다.

"남의 자식 키우듯 하겠다는 말을 참 작가적으로 한다. 그럴싸해."

역시 작가의 남편이었다. 소설가가 제일 좋아하는 말을 해주다니.

"정말 그럴싸해? 응? 진짜야?"

발을 동동 구르며 물었지만 돌아온 것은, 쿵.

문이 닫혔다. 대답을 듣지 못한 소설가는 시무룩해진다.

57

내가 유모 역을 자처하며 육아와의 거리두기를 하려고 했던 이유는 태리 때문이었다. 일설에 따르면 동생을 본다는 건 남편이 첩을 데리고 와서 오늘부터 한집에서 다 같이 살겠다는 선언을 들었을 때 본부인이 받는 스트레스와 같다고 하던데. 태랑이 집에 온 후 태리에게 틱이 생겼다. 수시로 고개를 양옆으로 도리도리 저어댔다. 왜 그러느냐고 하니 자기도 어쩔 수 없이 하게 된다고 했다. 나중에는 머리가 울려서 아프다고, 그런데 멈출 수가 없다며 울었다.

짜증도 늘었다. 하고 싶은 걸 못하게 하면 소리를 질렀는데 그 소리가 가히 짐승의 울부짖음에 가까웠다. 말이 안 통했다. 태리는 이런 아이가 아니었다. 온순하고 조심스럽고 아기자기한 걸 좋아하는 정말 착한 딸이었는데. 누군가 내 딸을 바꿔 간 게 틀림없었다. 하지만 옛날의 그 딸은 수소문을 해봐도 찾을 길이 없고 지금의 이 짐승 같은 딸을 키워야 하니 죽을 맛이었다.

어느 날은 슈퍼에 가느라 현관문을 나와 엘리베이터를 기다리는데 그 앞에 있으면 우리 집에서 나는 소리가 들린다는 사실을 알게 되었다. 중문 근처에서 해윤과 태리가 나누는 대화가 들렸던 것이다. 그때 제일 처음 들었던 생각은, 어느 날 내가 아동 학대로 신고를 당할 수도 있겠구나. 두 번째 생각은, 옆집 여자가 나를 피하는 거 같은 느낌이 이것 때문인가. 그 정도로 나도 태리 못지않게 소리를 질렀다. 짐승 대 짐승의 대결이었다.

퇴행을 보이기도 했다. 아기 때 구강기가 거의 없었던, 깔끔한 아기였던 태리는 공갈 젖꼭지라 부르는 쪽쪽이를 물어본 적이 없는데 태랑이 무는 쪽쪽이를 빼어서 제가 물기도 했다. 수시로 안아달라고 했고 밤이 되면 재워달라며 칭얼거리기가 다반사였다.

안쓰러우면서도 미웠다. 이해는 하지만 여유가 없었기 때문이다. 겨우 재워놓은 태랑을 소리 질러 깨워놓거나, 우는 태랑을 달래는 중에 다리에 매달려 징징거릴 때면 정말 미쳐버릴 거 같았다. 그나마 두 명이 있으면 한 명씩 마크가 되지만 해윤의 퇴근이 늦어져 혼자 감당해야 할 때면 스트레스가 극에 달했다.

하지만 어쨌든 달라진 딸이어도 내 아이였다. 주말에는 태랑을 해윤에게 맡기고 온전히 태리와 데이트를 나섰다. 동대문 액세서리 부자재 상가에도 가고 키즈 카페에도 가고 연극을 보거나 박물관을 가기도 했다. 그날도 아마 그중 하나를 한 후 집으로 돌아가는 길이었을 게다. 뒤에서 터덜터덜 걷던 태리가 앞서 걷던 나에게 말했다.

"엄마!"

"왜?"

"엄마 엉덩이 괜찮아?"

"엉덩이가 왜?"

뭐가 묻었나 털어보았지만 내 엉덩이는 멀쩡했다.

"엉덩이가 힘들어 보여."

"왜 그렇게 생각해?"

"엄청 씰룩거려."

흠…… 내 엉덩이가 오리궁둥이긴 하지만 그 정도로 씰룩거리는지는 몰랐다.

"그래?"

"엄마 엉덩이 댄스파티 온 거 같아. 씰룩씰룩, 씰룩씰룩."

엉덩이춤을 추며 까르륵 넘어갈 듯 웃는 아이. 그 아이를 보며 나는 예감했다. 조만간 내 딸이 돌아오리라는 것을.

다시, 봄

58

꿀벌이 겨울잠에서 깰 무렵, 태랑은 첫돌을 맞이했다.

59

벌은 꿀 1킬로그램을 위해 2만 번 이상 외출한다. 그리고 하루 3000번 꽃을 방문한다. 도서관에서 빌려온《나도 도시 양봉가》에 나와 있는 정보다. 하루에 3000번이라니, 꿀벌의 노고에 경의를 표하자마자 나는 공기 중에 미세하게 떠 있는 냄새 분자 하나를 코로 감지하며 책을 내려놓았다. 이 냄새의 정체를 알고 있다. 우리 집에 늘 은은하게 퍼져 있는 이 냄새. 내 사랑스러운 아들 태랑의 응가 냄새다. 하지만 똥은 결코 사랑스럽지 않다. 이제 이유식을 시작한 아이의 똥 냄새는 변했다. 어른의 그것과 비슷하다.

"응까 했어? 기저귀 갈자."

기저귀 갈자는 소리를 알아듣고 태랑은 잽싸게 기어서 도망치기 시작한다. 응가 닦는 것을 싫어한다. 막 배출한 뜨듯한 온도를 즐기는 것이다. 똥 기저귀가 엉덩이에 매달려 거실을 가로지른다.

그것뿐이 아니다. 아장아장 귀엽게 걸어와 행패를 부리기도 한다. 어디서? 화장실 앞에서. 해윤과 내가 변기에 앉아 심각하게 힘을 주고 있으면 귀신같이 알고 와서 문이 부서져라 두드린다. 우리 부부는 변비에 걸렸다. 신경이 쓰여서 괄약근이 자꾸 결정적 타이밍을 놓쳤다. 아이를 눈으로 좇으며 나는 머릿속 계산기를 두드렸다. 태랑이 태리처럼 33개월에 기저귀를 뗀다는 가정하에 지금처럼 하루 세 번씩 응가를 한다면? 나는 2970번의 똥 기저귀를 치워야 한다는 결과가 나온다. 약 3000번이다.

체온이 식었는지 태랑이 거실을 한 바퀴 돌고 얼쩡거리다가 내 손에 잡혔다. 기저귀를 벗기니 구릿한 인간의 분뇨 냄새가 나를 덮친다. 한 바가지를 쌌군. 태리와 다르게 태랑은 아무거나 잘 먹는 아기다. 그 '아무거나'의 결과가 바로 이 냄새다. 물티슈로 1차 애벌 닦기를 한 엉덩이는 물로 한 차례 더 닦는다. 세면대에서 왼손으로 폴더처럼 접은 아이를 들고 오른손으로 찰박찰박 엉덩이에 물을 묻힌다. 태랑은 10킬로그램이 넘는 우량아다. 왼손이 부들부들 떨려왔다. 언제까지 한 손으로 애를 들 수 있을까. 태랑의 몸무게가 내 팔의 근력을 넘어서기 전 기저귀를 뗄 수 있으려나. 이 손길은 몇 번째일까. 1183번째? 아니지, 신생아 때는 더 자주 갈았으니까 1209번째? 그래봤자 3000번이 되려면 아직 갈 길이 멀다.

사회계약설을 주장한 토머스 홉스는 이런 말을 했다. 꿀벌은 사익에 이끌려 살아감으로써 결과적으로 공익에 기여한다. 벌이 꿀을 모으고 애벌레를 먹이고 키워서 다음 세대를 번성시키는 것은 타고난 유전자의 힘이다. 하지만 그런 행위는 미래를 위한 것이기도 하다. 따라서 내가 태랑의 똥기저귀를 3000번 치우는 것은 매우 사적이면서도 공적인 행위인 것이다.

그런데 우리의 노고는 누가 알아주나.

60

손목에서 울리는 스마트워치의 진동음에 놀라 잠에서 깼다. 태랑을 아기 침대에 누이고 소파에서 잠이 든 모양이었다. 발신자를 확인하니 유화였다. 심지어 영상통화였다. 이 밤에 웬일이지. 하긴 그쪽은 오전 시간일 테지.

"웬일로 대낮에 전화야?"

"아빠한테서 전화가 왔어."

유화가 가라앉은 목소리로 말했다. 밝은 배경과는 달리 표정이 좋지 않았다. 지구 반대편이지만 나는 미세한 떨림을 감지했다. 당장이라도 울음을 터뜨릴 거 같은 분위기였다.

"왜 그래, 무슨 일 있어?"

"엄마가……."

거의 10년 만에 전화를 하신 유화의 아버지는 유화와 어머니의 관계 사이에서 방관자 역할이었다. 서로의 격렬한 애증을 지켜보고만 있었다. 하나밖에 없는 자식이 아들이 아닌 딸이라는 것을 알게 된 때부터 아빠는 나한테 관심이 없었다고 유화는 말했다. 그리고 그 무관심까지 어머니 몫이 되어 엄마는 유화에게 관심을 넘어 집착을 했고 말이다. 그런 엄마가 암이라고 했다. 벌써 2년째 투병 중이라고.

"엄마가 나한테는 말하지 말라고 아빠한테 그랬대."

그동안 여러 차례 수술과 항암 치료를 했지만 이미 말기에 발견이 된 폐암은 점점 더 악화만 되고 있었다. 엄마의 연락이 뜸해진 것도 그즈음부터였다고 했다.

"병원에서 마음의 준비를 하라고 했다고……."

유화는 말을 잇지 못했다. 마음의 준비. 시한부에게 죽음을 은유하는 표현.

"어서 들어와."

내 말에 유화가 고개를 끄덕였다. 작은 화면 안에서.

61

유화는 모든 일정을 취소하거나 미룬 채 제일 빠른 비행기 편을 탔고 열다섯 시간 30분을 날아 한국에 도착하자마자 격리되었다. 아직도 전염병 바이러스가 지배하는 엄혹한 시국이었다. 유화가 말렸지만 조 또한 이틀 후 휴가를 내어 한국행 비행기를 탔다고 했다.

"최대한 휴가를 끌어서 보름 냈거든. 그런데 한국에서 2주 격리 끝나면 다음날 비행기 타고 다시 가야 된다."

웃기지 않느냐며 유화가 말했지만 정작 본인은 웃지 않았다. 우리는 같은 영토에 있으면서도 여전히 통화 중이었다. 호텔에서 2주간 격리하는 게 답답한지 유화는 밤이고 낮이고 툭하면 전화를 걸어왔다. 그 시간, 유화의 어머니도 중환자실에서 격리 중이었다. 유화의 어머니는 의식이 있을까. 모녀는 마지막 대화를 할 수 있을까. 나는 종종 그런 생각을 했지만 유화에게 말은 하지 않았다.

"내가 결혼 10년 만에 가진 아이잖아. 치성이 엄청났다고 귀에 못이 박이게 들었어."

유화는 2주 동안 엄마가 했던 말들을 곱씹으며 보냈다. 존 F. 케네디 공항에서 "내가 너를 어떻게 가졌는데!"라고 했던 악다구니를 떠올리며 엄마가 나를 어떻게 가졌던가에 대해 생각했다. 그러면서 감정적이 되어 혼자 괴로워했는데, 나는 차라리 넷플릭스나 보라는 말은 차마 하지 못했다.

결혼 후 오랜 시간 아이가 안 생기자 좋다는 한약을 매년 해 먹이고 온갖 보양식과 주술이 깃든 부적을 해 보내던 유화 어머니의 친정어머니, 그러니까 유화의 할머니는 급기야 용단을 내리셨다.

"이 서방, 내가 자네한테 면목이 없네. 괜찮으니까 보시게. 어쩔 수 없지 않나. 후손은 이어야지."

유화의 말에 나는 작업실에서 연필을 굴리다 물었다.

"뭘 본다는 거야?"

"시앗."

"씨앗?"

"씨받이 말이야."

헉. 자신의 사위에게 씨받이를 대주는 장모의 심정이란 어떤 것일까. 시앗과 씨받이는 다른 의미지만 아내의 입장에서는 그게 그거일 거 같았다.

"그래서? 아버지는 보셨어?"

"그랬더라면 나한테 이복형제가 있었겠지. 아니면 내가 없든가."

아버지는 장모의 청을 정중히 거절했다고 한다. 이건 우리 부부가 알아서 할 문제라며. 요즘처럼 자발적 딩크족이 많은 시기도 아니고, 그 옛날 자식이 없다는 것은 남의 눈총을 사는 일이었을 것이다. 10년이 되자 어머니는 끓이던 마음을 내려놨다고 했다. 이젠 입양을 하든 남편이 밖에서 데리고 오든 어쩔 수 없는 일이라면서.

"그런데 그렇게 마음을 비우니까 생기더라는 거야."

처음엔 체한 줄 알았는데 오한이 들어서 몸살이 났구나 싶다가 잠이 오는 게 몸이 자꾸 까부라져서 내가 이거 무슨 병이 들었나보다, 친정엄마한테 말을 했다고 한다. 그길로 유화의 할머니는 딸의 손을 잡고 병원에 갔다. 산부인과에.

어머니는 자신의 몸에서 생명이 자라고 있다는 게 믿어지지 않았다고 한다. 태동이 오기 전까지 믿을 수가 없어서 매주 병원에 가서 아이의 생사를 확인했다. 미세한 태동이 한 번 두 번 느껴지다가 급기야 자신의 자궁벽을 뻥 차는 게 느껴졌을 때 어머니는 그 자리에 주저앉아 오열을 했다. 발길질이 강한 걸 보니 아들이 틀림없다고 할머니는 예언했다. 하지만 웬걸. 의사는 엄마를 닮았다고 넌지시 귀띔했으나 엄마를 제외하고 모두들 귓등으로도 듣지 않았다. 그럴 리 없다고. 그렇게 유화는 모두의 관심과 축복 속에서 40주를 꽉 채우고 세상에 나왔다.

"내 기억에 할머니는 항상 나한테서 없는 고추를 찾았어."

손녀를 예뻐하면서도 아쉬워하는 눈빛이었다고 했다. 그에 비해 아버지는 미지근한 사랑이었다고.

"방임은 아니었지만 그렇다고 딱히 기억에 남는 추억도 없더라고."

부모로서 책임은 다했으나 그 이상의 마음은 없었다. 그건 조와 대화를 나누면서 더욱 극명해졌다. 조는 부모님이 자신에게 큰 소리를 낸 적이 단 한 번도 없다고 했다. 자신이 무슨 잘못을 했을 경우, 다음날 책상에 편지 한 통이 놓여 있는 식이었다. 매년 가족여행으로 캠핑을 떠났고 조가 커밍아웃을 했을 때는 너만 행복하면 된다며 부모님은 노프라블럼이라고 했다.

"참, 꿀벌들은 어떻게 됐어?"

조까지 한국에 나와 있으면 돌봐줄 사람이 없을 텐데. 꿀벌의 안위가 걱정되었다.

"개나 고양이처럼 사료를 주는 것도 아니니까, 딱히 손이 갈 필요가 없긴 하지만."

혹시나 약탈자가 있을까 싶어 이웃들이 돌아가면서 한 번씩 들여다봐주기로 했다는 것이다.

“착한 이웃들이네.”

아이스커피를 한 모금 마시며 내가 말했다.

“너, 그거 알아? 한 마리의 꿀벌을 길러내기 위해서 약 2800마리의 일벌이 열심히 일을 해.”

수화기 너머로 윙, 벌들의 날갯소리가 나는 듯했다.

“원래 아이는 마을 전체가 키우는 법이지.”

고개를 끄덕이며 내가 말했다.

62

유화는 격리에서 해제되자 병원으로 달려갔다. 병실 문앞에 아버지와 이모들이 모여 있었다. 이상한 기분 속에서 병실로 들어가자 신부님이 어머니의 손을 잡고 기도를 하는 중이었다. 어머니는 말 그대로 산송장 같았다.

“처음에는 못 알아봤어. 내가 마지막으로 봤던 엄마 모습은 하나도 없더라.”

뼈와 가죽만 남은 엄마. 머리가 하얗게 센 엄마. 나에게 악다구니를 하던, 저주의 말을 퍼붓던 생생하고 젊었던 엄마는 어디에도 없었다. 신부님이 자리를 비켜주었다. 유화는 어머니의 앙상한 손을 잡았다.

"엄마."

엄마라고 부르자 갑자기 울컥, 감정이 올라왔다. 10년 만에 불러보는 호칭이었다. 마치 대답이라도 하듯이 심전도 그래프에서 삐 소리가 났다. 엄마의 손은 아직 따듯했다. 의사들이 들어와 검사를 하고는 시계를 보며 사망 선고를 내렸다. 순식간에 벌어진 일이었다.

"마치 날 기다린 것처럼, 내가 가자마자 떠났어."

유화는 담담하게 말했지만 맹맹한 목소리로 보아 한바탕 울고 난 후의 고요 같은 게 느껴졌다. 어머니는 연명 치료를 거부했다. 그리고 내내 유화를 미워하고 화를 냈던 것을 후회했다고 한다. 인생이 이렇게 짧을 줄 몰랐다면서.

63

모성이라는 감정을 호르몬제로 만들 수 있다면 어떨까.

그 레시피를 상상해서 소설을 쓴 적이 있다. 모성은 무엇으로 이루어졌는지에 대해서.

호랑이의 사냥 호르몬: 주성분 – 외로움, 결핍, 집념의 아드레날린
지빠귀의 첫 비행 호르몬: 주성분 – 두려움과 설렘의 세로토닌
산낙지 절단 호르몬: 주성분 – 긴장과 도피의 노르에피네프린
노새의 지구력 호르몬: 주성분 – 초인적인 힘의 엔도르핀
파리지옥의 인내심 호르몬: 주성분 – 각성 촉진의 오렉신
호랑가시나무의 자스몬산: 주성분 – 방어기제 젖산

생각해보면 모성은 따듯하고 관대한 감정이 아니다. 그것은 외로움과 결핍을 베이스로 한 두려움과 설렘이 있고, 긴장과 각성을 요구하며 방어력과 초인적인 힘이 필요한, 야만적이고도 파괴적인 강력한 감정이다. 그 정도는 되어야 나와 내 새끼를 지킬 수 있다.

그런데 이 감정은 아이를 낳고 나서 하루이틀 새에 생기지 않는다. 태리를 낳았을 당시 나는 그걸 몰랐다. 그래서 육체적인 고단함과 수면 부족보다 괴로웠던 것은 모성에 대한 의문이었다. 나는 모성이 없는 건가. 애가 너무너무 예

뻐거나 피가 막 당기거나 그러지 않았다. 그때 나는 이 레시피에 간과하고 넣지 않은 요소가 있다는 것을 몰랐다.

나무늘보의 시간 호르몬

어떤 호르몬 원료에는 고스트 팩터가 존재한다. 아주 미량이라 실험체에 영향을 줄 때도 있고 주지 않을 때도 있는 요소다. 이를테면 파리지옥의 인내심 호르몬에는 고스트 팩터가 없다. 하지만 같은 인내심 호르몬이라도 황제펭귄의 동상 걸린 발에서 추출한 인내심 호르몬에는 고스트 팩터가 있다. 그 고스트의 이름은 'HOPE'다.

나무늘보의 시간 호르몬에도 고스트 팩터가 있었다. 나는 그 고스트의 이름을 아주 오랫동안 생각하느라 그 소설이 끝날 때까지도 쓰지 못했다. 시간이 흐른 후 자연스레 그 이름을 알 수 있었다. 그 고스트의 이름은 바로 'DREAM'.

모성이란 꿈을 잃지 않고 잠도 잘 자야 생기는 거라고.

64

장례식장에 갔을 때 유화는 자리에 없었다. 화장실에 갔다는 말을 듣고 밖에 나가 보니 화단 난간에 쪼그리고 앉아서 담배를 피우고 있었다. 나는 그 자리에 서서 유화가 담배를 다 피울 때까지 가만히 보고 있었다. 오전의 햇빛 한 자락이 왼쪽 뺨을 가로지르고 있었지만 유화는 개의치 않았다. 예전보다 살이 쪄서 얼굴과 몸피가 두루뭉술해졌다. 검은색 상복을 입고 있어도 푸짐한 하체가 느껴졌다. 나잇살이겠지. 그건 나도 마찬가지였다. 세월에 깎여서 둥글둥글해졌다.

담배꽁초를 바닥에 비벼 끄고 일어설 때에야 유화는 나를 발견했다. 얼굴에 미소를 함박 담았지만 어쩐지 피곤해 보였다. 밤을 샜는지 피부가 푸석해 보여서 그랬는지도 몰랐다.

"왔어?"

"응."

우리는 포옹을 했다. 10년 만에 만난 실물이었다. 자주 통화를 해서 어색함이 없을 줄 알았는데 실제로 만나니 약간 서먹했다. 서로의 얼굴을 살피며 우리는 잠시 말을 잊었다.

"너, 살쪘다."

유화가 내 눈을 보며 말했다.

"나도 그 말 하려고 했는데."

유화가 피식 웃으며 내 손을 잡아끌었다. 우리는 나란히 벤치에 앉았다. 늦봄의 햇살이 데워놓은 자리가 따듯했다.

"왜 크리스마스 장식으로 많이 쓰이는 나무 있잖아. 호랑가시나무라고."

"아, 잎이 뾰족뾰족한 나무?"

유화의 말에 빨간색 앵두 같은 열매를 맺는 나무가 떠올랐다. 크리스마스 리스 재료로 종종 쓰이는.

"크리스마스 장식으로 쓰이는 나무들은 다 수령이 어린 나무들이래. 어릴 때는 키가 낮으니까 잎이 뾰족하거든. 동물들이 먹을까봐 스스로 보호하느라고."

그런데 나이가 먹고 키가 커질수록 잎이 점점 둥글어진다고 했다.

"꼭 사람 같지 않냐. 너나 나나 이십대 때는 정말 깡말랐었는데."

"그리고 예민했었지."

나는 웃으며 말을 받았다. 꼬챙이처럼 말라서 서로를, 그리고 스스로를 찌르곤 했던 어릴 때를 떠올렸다. 그 뾰족함이 방어기제였구나. 우리는 서로의 일상에 대해 소소한 이야기들을 주고받았다. 통화를 그렇게 자주 하는데도 할 이야기는 많았다. 나는 주로 아이들과 작업에 대해, 유화는 허니비들과 조에 대해서였다.

"안 들어가봐도 돼?"

"어차피 다 아빠 손님들인데 뭐. 친척들 보기도 껄끄럽고."

유화가 마른세수를 하며 말했다. 보나 마나 엄마가 죽자 10년 만에 들어온 몹쓸 딸의 역할일 터였다. 그때, 이모 중 한 명인 듯 상복을 입은 여자가 유화를 부르러 나왔다. 그래도 자식은 유화 하나뿐이었다. 몸을 일으키는 유화를 따라 나도 일어섰다. 빈소에 가서 조문을 한 후 유화와 유화 아버지와 맞절을 했다. 기분이 이상했다. 유화 어머니의 사진은 젊은 모습이었다. 아직 유화가 떠나지 않았던 시절, 유화를 사랑하기만 했던 시절의 사진 같았다. 팔자 주름이 없는 볼은 통통했고 입꼬리는 살짝 올라가서 미소를 짓고 있었다.

어쩌면 내 나이쯤일지도 몰랐다. 내 사진도 언젠가 저렇게 오르겠지.

배가 고프진 않았지만 유화의 권유에 따라 자리에 앉았다. 육개장과 편육, 가자미무침, 떡 등이 차려졌다. 상갓집 음식은 잔칫집 음식과 메뉴가 겹친다.

"먹고 있어."

손님이 왔는지 유화가 자리를 비웠다. 나는 일회용 그릇에 담긴 음식을 조금씩 맛보았다. 인간은 가는 날까지도 환경오염을 만드는구나. 왜 장례식 음식은 일회용 그릇에 담는 걸까. 죽음은 재활용하지 않기 때문일까. 혼자 한 상을 차지하고 앉아 있기가 뻘쭘했다. 성당에서 온 단체 손님이 많았다. 고인이 오래 와병을 한 탓인지 분위기는 그렇게까지 비통하지 않았다. 나는 대충 음식을 먹고 자리에서 일어났다. 조문실을 보니 유화가 보이지 않았다. 나는 그냥 조용히 장례식장을 빠져나왔다.

문 앞에는 상복을 입은 사람들이 담배를 피우거나 종이컵에 담긴 커피를 마시고 있었다. 오전이라 그런지 공기가 상쾌했다. 계단을 막 내려가려는 찰나, 뒤에서 유화가 부르는 소리가 들렸다. 유화가 상복 치마를 말아쥐고 종종걸음으로 달려오고 있었다.

"이거 가져가."

작은 쇼핑백을 내밀며 유화가 말했다.

"뭐야?"

"우리 허니비들이 주는 선물."

쇼핑백 안에는 곰돌이 모양의 유리병이 들어 있었다. 연한 갈색의 점도 있는 액체. 한눈에 봐도 꿀이었다. 그동안 양봉을 한 결실.

"이걸 왜 나한테 줘. 아버님 드리지."

"울 아빠 당뇨야."

나는 말없이 병을 받았다. 병은 제법 묵직했다.

"내가 모은 건 아니지만 마음속으로는 나도 벌과 함께 날아다니며 채취한 거 같아."

잠시 사이를 두고 유화가 말을 이었다.

"설레기도 했고 수고롭기도 했어."

그러고는 덧붙였다.

"너한테는 필요할 거 같아서."

65

장례가 끝나고 아버지는 유화에게 상자를 하나 주었다고 한다. 어머니가 유화에게 남긴 것이었다. 그 안에는 유화를 키우면서 모았던 '유화의 조각들'이 들어 있었다. 배냇저고리부터 태교 일기장, 수유 메모, 예방접종 수첩, 빠진 첫 유치, 심지어 배냇머리와 처음 자른 손발톱까지 종이에 싸서 간직했다. 그리고 어머니의 일기장. 일기장을 넘기기까지 유화는 심호흡을 몇 번이나 했다고 한다.

나는 왜 너에게 반대로 말하게 될까? 오늘은 너에게 가장 큰 상처를 주는 말을 했다.

여기까지 읽었을 때 유화는 느낌이 왔다고 했다. 그때 그 말이로군.

"너를 품었던 내 자궁을 증오해. 엄마는 정확히 그렇게 말했어."

유화의 말을 듣고 놀랐다. 어느 엄마가 자식에게 그런 모진 말을 한단 말인가. 그날의 일기였다.

내 몸 중 나는 내 자궁을 제일 귀히 여긴다. 너를 제일 처음으로 품었던 곳. 네 뼈와 살이 자란 곳.

속마음과는 다른 말을 뱉어놓은 어머니는 마음이 어땠을까.

"그래서 암에 걸린 건지도 몰라."

유화가 자책하듯 말했다. 뭐라 위로의 말을 고르고 있는데 수화기 건너편에서 유화가 물었다.

"엄마의 마음은 뭐였을까?"

66

우리 집 텔레비전은 일주일에 딱 하루 일을 한다. 그날은 바로 토요일이다. 공평하게 아이들 것 하나와 해윤과 나를 위한 것 하나를 본다. 해윤과 내가 주로 보는 것은 음악 오디션 프로그램이다. 대학에서 민중가요 노래패를 했고 거기서 기타를 쳤던 해윤은 틈만 나면 음악을 틀었다. 운전 중이거나 설거지를 할 때조차 흔들흔들 리듬에 몸을 맡겼다.

그 무렵 우리가 심취한 오디션은 대한민국의 유명 밴드들을 섭외해서 경연을 하는 것이었다. 레전드라 불리는 1세대 밴드들답게 나이대가 거의 내 시아버지뻘이었는데 그런 사람들을 데려다가 경연을 붙이는 게 어쩐지 불경스럽게 느껴졌다. 하지만 실은 그 재미로 보는 거였다. 할아버지들이 시샘을 하고 삐치고 긴장하고 힘껏 노래를 부르는 모습이 신선했다. 그중 내가 좋아하는 가수는 전인권이었다. 이제는 배가 나오고 머리도 하얗게 센데다 그마저도 두피가 훤히 들여다보이는 할아버지가 되었지만 목소리만큼은 여전히 쨍쨍했다. 그가 검은색 선글라스를 쓰고 무대에 나와 막 노래를 하려던 참이었다. 나는 소파에 엉덩이를 붙이며 해윤에게 말했다.

"난 들국화 때보다 지금 목소리가 더 좋은 거 같아."

"연륜이라는 게 있으니까."

해윤도 동조를 하며 고개를 끄덕였다. 둥둥둥, 특유의 전주가 막 시작될 무렵이었다. 안방에서 태랑의 울음소리가 들렸다. 시계를 보니 낮잠에서 막 깰 시간이었다. 이런, 된장. 벌떡 일어나 침대에서 안고 나왔지만 잠에서 덜 깬 태랑은 울음을 멈추지 않았다. 그에 맞춰 태리가 아이스크림을 달라고 떼를 쓰기 시작했다.

"안 돼, 너 감기 걸렸잖아."

"아이스크리임, 먹고 싶어!"

"안 된다고!"

그러자 엥! 하고 울음을 터뜨렸다. 우는 걸로 쟁취를 해보겠다는 심산이었다. 태랑과 태리의 울음소리가 불협화음을 이루고 있는 그 사이를 내가 사랑하는 가수의 목소리가 뚫고 나왔다. 미래가 항상 밝을 수만은 없다고. 때로 힘이 들 거라고.

그렇다. 힘이 들지 않을 때가 없었다. 특히 육아에 있어서는. 태랑은 품 안에서 몸을 뻗대며 울었고 태리는 자신의 뜻을 관철할 때까지 계속하겠다는 의지를 갖고 악을 쓰며 울었다. 그리고 마침 아랫배가 싸르르 하고 아파진 해윤이 화장실로 도망치듯 달려가 문을 쾅 하고 닫았다. 애 하나는 팔에, 또 하나는 다리에 매달려서 제가 낼 수 있는 가장 큰 소리로 울었다. 나도 울고 싶었다. 나는 왜 좋아하는 노래 한 곡도 제대로 감상할 수 없는 걸까. 머리가 지끈거리기 시작했다.

그때, 유화의 꿀이 생각났다. 서둘러 태랑과 태리의 입에

막대 사탕 하나씩을 물려주었다. 그러자 갑자기 아이들이 울음을 뚝 하고 멈췄다. 내가 언제 그랬느냐는 듯이 심지어 웃기까지 했다. 나는 배신감에 어깨를 부르르 떨며 주방으로 향했다.

곰돌이 모양의 유리병을 냉장고에서 꺼냈다. 울화통을 삭이느라 꿀을 한 숟가락 가득 퍼서 입안에 넣었다. 톡 쏘면서도 식도가 화해지는 진짜배기 꿀이었다. 외국 벌이 모은 거라 그런가, 이국적인 느낌도 났다. 갑자기 두통이 사라졌다. 눈을 감았다. 그러자 가본 적도 없는 뉴욕의 정취가 그려졌다. 세계 금융의 도시, 멋쟁이 뉴요커들이 바쁘게 걷는 도심 속에서 하늘하늘하게 핀 다채로운 꽃들, 그 속에 숨겨진 꽃꿀을 따는 꿀벌의 붕붕 날갯짓 소리, 도회적이면서도 목가적인 그 경이로운 풍경이.

몸이 더워지면서 달콤한 위로가 되는 맛이었다. 유화 말대로 지금 내게 필요한 것인지도 몰랐다. 유화는 내일 출국한다고 했다. 장례가 끝난 지 일주일이 지난 후였다. 유화의 혼잣말 같았던 질문이 떠올랐다. 엄마의 마음은 뭐였을까.

엄마인 나는 알 것도 같았다. 설레면서도 수고로운 그 마음을. 초로의 로커는 네모난 텔레비전 안에서 노래했다. 비가 내리면 비를 맞고, 눈이 내리면 오히려 두 팔을 벌리자. 나는 그를 따라 마음속으로 힘차게 외쳤다. 행진, 행진하는 거야. 앞으로! ■

작가의 말

이런 농담이 있다. 이십대 초반의 강철 같은 체력은 대학교 신입생 때 술 마시고 밤새 놀라고 주어진 것이 아니라 출산과 육아를 위해 부과된 능력이라는 것. 이십대 초반, 그 나이 때 나는 뭘 했던가. 오래 생각할 것도 없이 술 마시고 밤새 놀았던 거 같다.

의학적으로 35세 이상부터는 고령 산모로 분류된다. 다시 말해 노산이다. 첫 출산의 평균연령이 이미 33세에 이를 정도로 출산 연령이 높아진 마당에 35세라니. 당연하게도 전체 산모의 무려 3분의 1 정도가 노산이다. 효과적인 피임 방법이 발명되기 전까지 대다수 문화권의 여성들은 대략 18~20세에 첫 임신을 시작했다. 임신, 출산, 육아가 현대인에게 부담스러운 이유 중 한 가지는 우리의 생물학적 나이일 것이다.

3년 전만 해도 나는 내가 또 노산을 하게 될 줄, 심지어 그

소재로 글을 쓰게 될 줄 몰랐다. 그 경험은 내 인생에 한 번뿐일 거라 암묵적으로 생각했으므로. 하지만 누구나 알고 있듯 인생은 뜻대로 흐르지 않는다.

다른 사람들은 돌봄과 노동을 어떻게 운영하는지 여러 책들을 뒤지며 훔쳐본 적이 있다. 특히 모성 근로와 작가를 겸직하고 있는 여성 작가들의 작업 과정이 궁금했는데 예상대로 그들도 나처럼 발을 동동 구르며 헤쳐나가고 있었다. 공감과 위로를 동시에 받았다. 나만 이런 게 아니구나. 어떤 에피소드는 너무 참혹해서 내가 가서 애를 봐주고 싶을 지경이었다. 내 코가 석 자임을 잊고.

가끔 그런 생각을 한다. 천국을 그린 그림에는 대체로 아이들이 있다는데 아이들이 사라진다면 그곳은 지옥인 걸까. 하지만 천국과 지옥은 동떨어져 있는 것이 아니다. 나 또한 작업과 육아를 하며 하루에도 몇 번씩 천국와 지옥을 오간다. 많은 사람이 그럴 것이다. 오늘도 사랑하는 무언가를 지키기 위해 열심히 애쓴 당신에게 이 글이 위안이 되었으면 좋겠다. 내가 이 글을 쓰며 위안을 받았듯이.

나는 결코 좋은 엄마로서 자질은 없지만 이들을 생각하면 좋은 사람이 되고 싶어진다. 다른 나로 살게 해준 이들, 완과 오에게 깊은 사랑과 감사의 인사를 전한다. 건장한 나의 뮤즈에게도.

2024년 봄

김하율

어쩌다 노산

1판 1쇄 발행 2024년 4월 5일

지은이 · 김하율
펴낸이 · 주연선

(주)은행나무
04035 서울특별시 마포구 양화로11길 54
전화 · 02)3143-0651~3 | 팩스 · 02)3143-0654
신고번호 · 제 1997—000168호(1997. 12. 12)
www.ehbook.co.kr
ehbook@ehbook.co.kr

ISBN 979-11-6737-405-9 (03810)